吉祥寺の真里亞

無党派全共闘幻想史

秋生騒

AKIU SO

文芸社

クリスマスイブの夜。
黎《れい》の姿は吉祥寺駅北口にあった。
駅前に佇む黎の鼻腔を、ハーブの香りが激しく刺激する。
〈ハモニカ横丁〉の立ち飲み屋から漂ってくる、ローストチキンの香りだ。
今夜はクリスマスイブということもあり、店頭は人垣で埋め尽くされている。
その店の慌ただしさを、黎はただ眺めているだけの存在だった。

吉祥寺の真里亞　◇　目次

第一章
季節のなかへ

一

真里亞が逮捕された。

大学の中庭で機動隊によって拘束され、所轄の警察署へ連行されたという。そのことを聞いた黎は、いままでに感じたことのない、痛いほどの胸の苦しみに襲われた。

黎や真里亞は大学に入学して、まだ一ヶ月も経っていない。それなのに真里亞が警察に捕まってしまったのだ。

黎にとって真里亞は少し気になる同級生だった。眼が大きく、瞳が澄んでいて、長い睫毛をしている。黎には眩し過ぎるほど綺麗な女性であった。

それだけではない。真里亞は黎と同じ日本海側にある雪国の出身だった。しかも、二人とも母子家庭という、同じような境遇で育っている。そのことを知った黎は真里亞をとても身近に感じ、密かに彼女に対して強い好意を抱いた。

その大切な真里亞が突然、機動隊に逮捕されたのである。

（なぜ真里亞と一緒にいなかったのか。どうして、彼女を一人にしてしまったのか）

黎の心を激しい後悔の思いが駆け巡り、それが息苦しくなるほど黎を苦しめた。

この日、黎は大学の中庭で、真里亞やほかの同級生らと共にセクトが主催する「学費値上げ反対決起集会」をただ見ていた。

中庭には高さ九十センチくらいのステージが常設されている。そのステージ上でヘルメットをかぶり、マイクを手にした数人の代表が代わる代わる演説を行った。ステージ下には同じヘルメットをかぶったセクトの学生や、黎たち普通の学生が大勢集まり、そのアジテーションを聞いている。

いずれきちんと説明しなければならないが、セクトとは革命を目指す、学生運動家たちが所属する党派のことである。このセクトは、それぞれの革命思想によって複雑に分かれていて、その数は五流二十二派と呼ばれるほどだった。しかも、そのなかの中心的なセクトが、各大学の自治会を牛耳っていた。そのため、当時は大学名を聞けば、大学がどのセクトによって支配されているのか、それがすぐにわかった。

決起集会は異様なほどの盛りあがりを見せた。セクトの代表が大学側を批判するたびに、「異議なし、異議なし」という大きなかけ声が中庭に響く。それを聞いている黎の心も不思議と高揚した。

その集会が終盤に差し掛かった頃である。黎の耳にどこからともなく、複数の学生たちの叫ぶ声が聞こえた。

「機動隊が来たぞ！」

「四機だ！　四機だ！　四機が来たぞ！」

学生たちが口々にそう叫んでいた。

四機とは警視庁第四機動隊のことである。複数存在する機動隊のなかでも精鋭中の精鋭で、「鬼の四機」と呼ばれて、学生たちから恐れられている。街頭闘争に強いセクトがいる大学にしか、現れないと言われていた。

その叫び声に鋭く反応したセクトの学生たちが、一斉に大学の東門から本郷通りへと飛び出した。その後を追って、黎たち学生も本郷通りへと走り出た。

黎がそこで見たのは、車道いっぱいに広がりながら、小川町方面から大学の東門へ向かって隊列を組んで進んでくる機動隊の姿だった。

やがて、黎の目に「第四機動隊」と書かれた隊旗がはっきりと見えた。セクトの学生たちは大学の東門を守る形で、本郷通りの車道に陣を張った。そこへ進んできた四機が勢いよくぶつかる。セクトの学生たちは四機にほとんど抵抗できず、数分で蹴散らされてしまう。

（このままでは大学構内に機動隊が入ってくる）

黎がそう思った時である。

誰かが指示したのではなく、多くの学生たちが自発的に歩道の敷石を剥がし始めた。そして、各々がその敷石を頭上高く持ちあげ、歩道に激しく叩きつける。大きな衝突音がして、歩道に細かな石の破片が散らばった。

学生たちはその石の破片を素早く拾い、機動隊めがけて投げ始める。黎も幾つかの石の破片を拾い、機動隊へ向かって力一杯に投げた。その行動は黎だけではなかった。黎の同級生たちやそこにいるすべての学生たちが懸命に石を拾い、みんなで投げている。この時のみんなの思いは同じであった。

（自分の大学構内に決して機動隊を入れてはいけない）

みんながそう思った。

大学構内は大学側から約束された、学生の自由や自治を象徴する空間だった。そこへ、機動隊という警察権力を入れることなど、到底考えられなかった。

大学構内は学生たちにとって、何としても守らなければならない聖域なのだ。この当時の大学生たちは、みんなが強い連帯意識を持っていた。だからこそ、誰かに教えられたわけではなく、黎たちは自分の意志で投石を始めたのである。

四機が空へ向かって一斉に催涙銃を発射した。

轟音が空中に鳴り響く。

催涙弾が放物線を描いて飛来し、路上で次々と破裂する。

辺り一帯に白い煙が充満し、甘い刺激臭が黎の鼻腔を突いた。

黎はわずかであったが息苦しさを感じる。

それが黎にとって初めての催涙弾の体験だった。ただ、思ったよりも涙は出ず、催涙弾に怯みはしなかった。むしろ、それよりも激しい憤りを覚え、黎は必死に石を投げ続けた。

黎たち学生と四機との対峙はおよそ一時間近く続いた。四機が路上で大盾を並べ、黎たちの投石から身を護っている。だがそれ以上、四機が動くことはなかった。

やがて四機が、平然と帰って行く。その余裕が黎には不気味であった。

残された黎たちの間に勝利感はなかった。もし、四機が本気で攻めてきたら、おそらくほとんどの学生たちが逮捕されたに違いない。黎たちはただ運がよかっただけなのだ。そのことを、その場にいた全員が実感していた。

黎たちは四機が完全に去るのを確認し、本郷通りから大学の中庭へと戻った。そしてその時、初めて真実を知ることになる。

四機の別の小隊が南側にあった正門から大学構内へ入り、中庭に残っていた少数の学生を逮捕していたのだ。そのことを知ったセクトや、先ほどまで四機と闘っていた多くの学生が、みんな茫然と中庭に立ち竦んだ。

黎たちの大学は学生街の真ん中にあって、中庭を中心に四つの大きな校舎に囲まれている。多くの学生たちは、東側の本郷通りに面した東門から出入りをしていた。ただ、大学の正門は南側にあり、そこは小さな公園のような空間と接している。公園の隣には道を塞ぐように学生自治会館が建てられていた。その学生自治会館がセクトの拠点となっており、ヘルメットをかぶった学生たちが常駐している。そのため、まさかそんな場所から機動隊が入ってくるとは、誰もが考えていなかった。四機の小隊はその正門を突破し、大学構内へ入ってきたのである。

本来ならば、セクトがいち早く気づいて、四機の小隊と闘わなければならなかった。大学正門はセクトが管理していると、みんなが信じ切っていた。黎たち学生が、みんなでセクトに依存していたため、手薄になっていたのだ。四機がその間隙を見事についた。それはセクトや学生たちにとって、恥ずべき油断だったと言える。

四機の小隊が正門から構内へ入った時、中庭に残っていた数少ない学生たちが抗議のため、機動隊の前面に素手で立ち塞がった。真里亞もそこにいて、機動隊に向かって抗議をした。機動隊はその抗議している学生たちに暴行を加え、有無を言わさず拘束したという。こうして真里亞は逮捕され、連行されてしまった。

本郷通りから東門へ迫ってきた四機の本隊が、それほど大きく動かずに去って行ったのは、その小隊が目的を達成したからである。

その目的とは、大学の方針に逆らう学生は逮捕するという、恫喝と恐怖感を学生に与えることであった。四機の行動は大学側の依頼によって実施されたものである。

目的を達成した四機の本隊は、学生たちと本格的に闘う必要がなかった。だから何もせずに帰って行った。しかし、それは大学側が学生たちと約束した、大学自治の精神に反する敵対行為だった。

大学側はほんとうに卑劣である。

(卑怯だ。大人は汚い)

黎は心の底からそう思った。

大人たちの、その狡猾な行動によって、黎が大切に思っていた真里亞が逮捕されてしまった。

黎は悔しくてならなかった。

いきなり大声をあげて、身近にあるすべてのものを破壊したくなるような衝動に駆られ、黎の理性が辛うじてその気持ちを抑えた。やがて黎の怒りの矛先は、大学構内へ機動隊の導入を依頼した、大学の理事や評議委員へと向けられた。さらに、そのことを誰一人として反対しなかったと思われる、大学の教授会に対しても強い憤りを感じた。

（大人はみんな汚い。許せない）

黎は激しい怒りに全身を震わせた。

この時、黎は〝一般学生〟という概念が、この大学のなかでは存在していないことを初めて理解した。

大学に関わるすべての出来事が黎と関係しており、黎には第三者と呼ばれる立場などあり得なかったのだ。

大学生でいる限り、大学で起こったすべての出来事に黎は責任を持たなければならない。

そのことを黎はいま体の芯から思い知る。

それが黎の心を変える切っ掛けとなった。

二

真里亞が逮捕されてから二日が経過した。

あと三日、あと二日と、黎は指を折りながら、その時間の長さに耐えた。

（あと二日、我慢すれば、四日目がくる。そうすれば、また真里亞と会える。会って、真里亞を守れなかったことに対して、謝らなくては……）

黎は一途にそう思い続けていた。

この時代の学生ならば、みんなが知っていた常識の一つが、〝三泊四日〟であった。

もし逮捕されたら、その日から翌日いっぱいまで、警察の取り調べに対して黙秘を続ける。三日目に検察に送検され、そこで初めて自分の名前と住所だけを言う。それ以外の情報は、警察が大学の学生部に問い合わせるのでわかるだろう。親元とか出身高校にも連絡がいくことになる。そして、翌日の四日目に釈放される。もちろん、真里亞もそのことは充分に知っていたに違いない。

ところが、逮捕されてから一週間が経過したのに、真里亞はその姿を見せなかった。黎は大学のあちらこちらを探し回ったが、どこにも真里亞の姿はなかった。

逮捕された学生がショックで大学をやめてしまう。そういう話はよく耳にしていた。黎は不安を抱えたまま、時間が過ぎるのをただひたすら待つだけだった。

真里亞が逮捕されてから三週間が経過した。それでも真里亞は現れなかった。真里亞と二度と会えなくなるという不安に、黎の胸は張り裂けんばかりであった。

（真里亞とはもう会えないのだろうか。もっと前に、好きだと告白しておけばよかった）

黎はそう思いながら、真里亞への思いを募らす日々を過ごした。

三

いつの間にか、季節は五月の中旬を迎えていた。

その日、黎が心理学の講義のため教室へ行くと、一番後ろの席に真里亞が座っていて、二、三人の女子の同級生と話をしていた。それを見た黎は言い表せないくらい大きな喜びを感じ、同時に心から安堵した。

黎の心臓が激しく高鳴っている。

黎が真里亞に歩み寄ると、ほかの同級生たちが真里亞から離れた。黎は溢れ出そうになる喜びを押しこらえ、普段と変わらぬ口調で、「おはよう」と真里亞に声をかけた。

真里亞が黎の顔を見あげて微笑み、「おはよう」と答えた。それだけで黎は強い幸せを感じた。

「大丈夫だった？」と黎が聞いた。

「うん。ただ、お母さんに泣かれた」

真里亞が少しつらそうな表情を見せた。

黎の脳裏にその時の情景がまざまざと浮かんだ。

おそらく、黎が逮捕されたとしても、黎の母親は同じように泣くだろう。少しの間、黎はその悲しさに沈黙し、それから再び口を開いた。

「捕まった時、機動隊にひどいことをされなかった？」

「うん、それほど……。後ろから蹴られて、倒されたくらい」

それを聞いて、機動隊に対する憎悪が黎の心を覆った。

この時、黎は思想ではなく、感情として、すべての権力や権威を強く憎んだ。

（もう二度と、真里亞にそんな思いをさせない）

黎はそう自分に誓った。

「ごめんね」

黎が謝った。

「何が？」

真里亞に聞かれて、黎は「真里亞のことを守れなくて」という気障な言葉を飲み込んだ。

恥ずかしくなった黎が真里亞から目を逸らした。

そんな黎の様子を見て、真里亞が少し笑った。

「ねえ、授業の後、時間ある？」と真里亞が黎に聞いた。

「うん、あるけど……」

「あのね、話があるの。ちょっと付き合ってくれない」

「わかった」

黎はさり気なく答えたが、真里亞の話の内容が何なのか、それが気になって仕方がなかった。

黎はそのまま真里亞の隣の席に座り、心理学の講義を受けたが、その内容が全然、頭に入ってこない。

動悸の速さだけを黎は感じていた。

心理学の講義が終わると、黎はすぐ真里亜に声をかけた。

「どこへ行く。学食でいい？」

学食という言葉に真里亜が眉を顰めた。

「ほかがいいな。どこか、二人きりで話ができるところ」

黎が少し考えてから、真里亜に答えた。

「じゃ、ちょっと遠いけど、〈さぼうる〉へ行こう」

「うん、それがいいわ」

真里亜が嬉しそうに頷いた。

四

黎と真里亜は東門から大学を出ると、小川町から靖国通りへ出て、神保町へ向かって歩き始めた。

それは黎にとって、真里亜と二人きりで歩く、初めての体験だった。黎は途中で何を話したのかも覚えていないほど上気していた。いつもなら、少し遠くに感じられる〈さぼうる〉までの道のりが、信じられないほど短かった。黎はもっと真里亞と二人きりで歩いていたいと思った。

二人は白い文字で、〈味の珈琲屋　さぼうる〉と書かれた看板の下にある、大きなトーテムポールの前に到着する。二人はすぐに店内へ入った。〈さぼうる〉の店内は、和風と東南アジア様式とが混在しているような空間になっている。店内が少し薄暗いため、二人きりで話をするにはちょうどよかった。

木製の椅子に座ると、すぐに真里亞が聞いてきた。

「黎、煙草持っている？」

黎は頷き、胸のポケットからハイライトの箱とマッチを取り出し、テーブルの上に置いた。

真里亞がその箱のなかから煙草を一本抜き、咥えた。それからゆっくりとマッチで火をつける。

黎は無言で、真里亞の綺麗な指先に見とれていた。

煙草を深く吸った真里亞が煙を吐き出し、突然、言った。

「一緒に住まない？」

「えっ、それって……」

あまりにも突然の問いかけであったため、黎は言葉に詰まった。

「同棲しない？　そう聞いているの」

真里亞の口から、驚くような言葉が煙草の煙と共に発せられた。

（真里亞は自分をからかっているのだろうか）

そう思った黎は、真里亞に真意を尋ねた。

「本気で言っているの？」

「うん、本気」

真里亞が平然と答えた。

「どうして、僕なの？」

「うふふ。あなたが可愛いから」

（やっぱり自分はからかわれているのだ）

黎はそう思った。

「どこが可愛いんだよ」と黎が反発した。

「そうやって、すぐ向きになるところ」

真里亞の目が笑った。

それからすぐに真剣な目に戻る。

「冗談よ」と真里亞が言った。

黎は自分が真里亞の掌の上で転がされていると感じた。でも、それがなぜだか心地よかった。

「実はね、今回の逮捕で、大学から奨学金の支給が止められてしまったの」

真里亞の目が悲しそうだった。

それを聞いた黎は、今度は怒りに襲われた。

「ふざけてるな」

学生に無断で大学構内へ機動隊を導入させ、それに抗議して逮捕された学生の奨学金を理不尽に打ち切るなんて……。

そんなことは絶対に許せなかった。

黎が思わず、テーブルを叩こうと右手をあげた。

「怒らないの」

そう言って、真里亜は黎の右手に自分の左手を優しく重ねた。その温かさに黎の怒りが消えていく。

「私ね、これ以上、お母さんに負担をかけたくないな、と思って……。黎も私も母子家庭でしょう」

黎が黙って頷いた。

「学費を自分で稼ぐために生活費を減らしたいの。これ以上、お母さんに負担をかけることはできないわ。特に、うちの場合は私の下に中学生の妹がいるから、これからもっとお金がかかると思うの。とてもじゃないけど、お母さんに学費も出して、なんて言えないわ。だから、あなたと二人で暮らせば、家賃や水道代も、それからガス代も半分で済むじゃない。そこで浮いたお金を貯めて、学費に回したいの。黎もそうでしょう。二人で住めば、お金が楽になるでしょう」

真里亜の言うことは正しかった。

黎や真里亜の家庭は決して裕福ではない。二人とも貧しい母子家庭で育ち、真里亜は姉妹の長女で、黎は一人っ子だった。

本来ならば、黎たちは高校を卒業したら、すぐに地元の企業に就職しなければならなかった。働いて、家庭に毎月お金を入れて、少しでも母親を助けることが求められていた。

それなのに黎の母親は「あなたの求める道を歩みなさい」と言って、入学費用や家賃を出してくれた。

黎は夜遅くまでスーパーで働く母親の姿を見て、どんなに感謝しても感謝し切れなかった。おそらく、真里亞の家庭も同じだと想像できる。いや、真里亞の家庭には子供が二人いるため、真里亞の母親はもっと苦労しているのに違いない。

「そうだね。二人で住めば、経費が半分になるね。それに、学校が休みの時や講義が終わってから、二人でアルバイトをすれば、もっと母親の負担を減らせるね」

「そうでしょう」

真里亞が同意するように頷いた。

黎にとって、真里亞の提案は信じられないほど嬉しいものだった。これほど幸運なことは普通なら起こり得ないだろう。黎が拒絶する理由は何も見当たらない。ただ、黎には確かめなければならない、大切なことがあった。

「でも、ほんとうに僕でいいの？」と黎が改めて真里亞に聞いた。

「うん。私、黎のことが好きだから、一緒にいたいの」

その一言が二人の今後を決定した。

「黎は私のこと嫌い？」と真里亞が黎に聞いてきた。

「ううん。大好き」

そう答えて、黎が頬を赤く染めた。

思いがけない状況のなかで、黎はやっと真里亞に告白できたことを照れていた。

「じゃ、問題ないよね」

真里亞が黎に同意を求めた。黎が大きく頷き、真里亞との同棲を快諾した。

それから二人の話は、どちらのアパートで同棲するのか、引っ越しはいつにするのか、荷物はどうするのかなどの、具体的な内容に移っていった。

二人は長い時間、いろいろと話し合った結果、真里亞の住む吉祥寺のアパートへ黎が引っ越すことで決まった。その理由はただ一つ。真里亞の住む部屋が黎の部屋より広かったからである。

こうして、黎にとっては思いがけず、一番大好きな真里亞との同棲生活が決まった。

五

真里亜との約束の日、黎はわずかな荷物をリュックサックに背負い、国電中央線の吉祥寺駅北口に降り立った。

黎が最初に見た吉祥寺の街は、過去と近代とが混在しているような、まだ開発途中の郊外の街であった。中央線沿線には、こうした再開発中の駅がとても多かった。駅舎では、のちに〈ロンロン〉と呼ばれる商業施設が工事中だった。その剥き出しのコンクリートからは、竣工すれば極めて近代的な建物になることが想像された。しかし、道路を挟んだ駅の反対側には、〈ハモニカ横丁〉と呼ばれる、まるで戦後の闇市を彷彿させるような、薄暗い商店街が軒を並べている。この街は過去と未来が同居する、奇妙な魅力を持っていた。

その吉祥寺駅北口を背にして、西へ少し歩くと中道通り交差点前に着いた。交差点の右側の先には六階建ての〈吉祥寺名店会館〉が見える。その周りにはそれより背の高い建物がなかった。

黎は真里亜に書いてもらった地図を見ながら、その中道通り交差点を左折し、水道道路へと出た。水道道路を三鷹に向かって少し歩き右折すると、真里亜が住む、白い二階建てのアパートが見えてきた。

そのアパートはまだ新築で、瀟洒な建物だった。アパートに近づくと、玄関の横に集合ポストがあり、入居者の数がわかった。一階と二階に各六世帯ずつ、合計十二世帯が暮らしている。

アパートの玄関の引き戸を開けてなかへ入ると、そこは大きな土間になっていた。土間の右側には各部屋番号が記された下駄箱が並んでいる。黎は真里亜の部屋番号の下駄箱を開けた。なかは思ったより広く、真里亜の靴が一つだけ、ぽつんと置かれていた。黎は真里亜の靴の横に脱いだ自分の靴を置いた。

上がり框から二階へ上る内階段が見えた。階段の右横に男性用のトイレが、左横には女性用のトイレがある。この内階段を上り二階へ進むと、一階同様、階段横に各トイレがあった。さらに階段を挟んで、右側に三世帯、左側に三世帯の部屋が並んでいる。真里亜の部屋は二階の左側の一番奥にあった。

真里亜の部屋の前でブザーを鳴らした。部屋のドアが小さく開いて、その隙間から真里亜の可愛い笑顔が見えた。黎にとって、この時の笑顔が生涯忘れることのできない思い出となる。

「引っ越し、大変だった？」と真里亞が聞いた。

「全然、大変じゃないよ」

「そう、よかった。なかに入って」

そう言って、真里亞がドアを大きく開いた。

部屋に入ると、真里亞の部屋は八畳ほどの広さで、白い板張りだった。この時代、白い板張りのアパートはとても珍しかった。

「すごいね、白い板張りか」

「そう、お洒落でしょう」と言って、真里亞が微笑んだ。

入り口のすぐ右側には小さな台所があり、洗面所と兼用だった。もちろん、風呂はない。

部屋の中央には炬燵が置いてあり、炬燵台がテーブル代わりとなっていた。炬燵台の上にはアルミの小さな灰皿がのっている。灰皿のなかの吸い殻が綺麗に片づけられていた。

黎のいままでの灰皿のように、吸い殻が山盛りにはなっていなかった。なぜだか、そのことが黎をほっとさせた。

部屋の窓際の角には使い古したベッドが一つあり、掛け布団がきちんと畳まれて、ベッドの上に置かれている。ベッドの足下側には古びた三段のチェストと三面鏡が、整然と並べられて置かれていた。それだけで、真里亞が几帳面な性格であることがわかった。チェストの上には小さなテレビがのっている。

おそらく、部屋にあるすべての家具は、真里亞が子供の時から使っていたものに違いない。ただ、家具だけでなく、部屋の隅々にまで掃除が行き届いていて、汚れなどをまったく感じなかった。

（真里亞はとても清潔好きだ）

そう黎は思い、そのことがすごく好ましく思えた。

引っ越しの打ち合わせをしていた時、真里亞が「布団は持ってこなくていいわよ、あるから」と言っていたのは、このベッドと掛け布団のことだった。

「ベッド、二人だと狭くない？」と黎が尋ねた。

「大丈夫」

「僕、寝相が悪いかも……」

「それも大丈夫」

黎が何を聞いても、真里亞は「大丈夫」と答えた。

「同棲すること、真里亞のお母さんに話した？」

「ううん」

初めて真里亞が首を横に振ってから、黎に聞いた。

「黎はお母さんに話した？」

「ううん」

「でしょう。心配するから、話さなかった。大丈夫よ、同棲している人、同級生にも沢山いるわよ」

それを聞いて、黎は心のなかで唸った。

よく聴く流行歌などでも、同棲生活が唄われるようになっている。もう、そういう時代なのかも知れない。黎は一人で何度も頷き、納得した。

そんな黎の様子を面白そうに見ていた真里亞が、おもむろに口を開いた。

「荷物、少ないね」

そう言うと、真里亞が嬉しそうに声をあげて笑った。

「うん、少ないね」と黎も答えて、真里亞と同じように声をあげて笑った。

それから、黎と真里亞は抱き合って初めてのキスをした。

こうして、二人の同棲生活が始まったのである。

六

真里亞との同棲生活は黎に精神的な安らぎをもたらしてくれた。

黎は極めて観念的な人間で、しかも、物事への懐疑心が強かった。その黎には長年、克服できない悩みがずっと存在している。それは〃黎の観念〃と現実生活における〃組織の規範〃との相克であった。

黎の言う観念とは、黎の脳内で行われる思考のことである。そこでは様々な思想が創造されていた。しかし、それは言葉や文字などで表現しない限り、ほかの人が知ることのできない世界だった。その黎が最もこだわったのが観念の主体性である。

また、組織の規範とは、単純化して言えば、組織の〃様々なルール〃のことだった。つまり、黎の観念と組織のルールとが互いにぶつかり合い、黎に精神的ストレスを与えていた。

黎は自分の存在に意味を与えているのは、自分の観念が生み出した主体的な思想だと思っている。そのため、人間は既存の規範や常識に制約された組織のなかで、盲目的に従属して生きてはいけないと考えていた。自らの意志の力で組織と交わり、自らの意志で自分の生き方を決定していくべきだと思った。

ところが、こうした思想を持つ黎を大いに悩ませたのが、数多く存在する現実の組織であった。黎の周りには無数の組織が存在している。たとえば、国家、地域社会、学校、サークルなどだ。これらの組織は〝共同体〟、あるいは単に〝社会〟と呼ばれることが多かった。黎はこれらの組織との関わり方が極めて下手な人間だった。どうしても組織の持つ規範を素直に認められなかった。

いつの間にか黎の行動は、組織の規範から逸脱するようになり、黎の心は組織そのものを嫌悪するようになる。そして、黎の観念と現実の組織の規範とが、絶えず相反するようになっていった。

その結果、いつも学校の通信簿に〝環境への順応性が低い〟とか、〝和を乱す〟〝態度が反抗的〟などと書かれ、黎の母親を悲しませた。

なぜ、黎がそこまで組織に馴染めないのか。それは、組織が定めた規範のなかに黎が認められないものが、必ず存在していたからである。

その規範は黎が制定したものでないにも拘わらず、黎にそのすべてを遵守することを強要してくる。それがほんとうに正しい内容なのか。黎はいつもそれを懐疑的に見ていた。

黎は組織を一つの巨大な生き物だと考えた。人間が個人的思想を持っているのと同じように、組織も〝組織の思想〟を持っている。たとえば、その組織が国家ならば、それは国家思想であり、宗教団体であれば、宗教理念がそれに該当した。問題はその組織の思想がほんとうに正しいものなのか、という点だった。

ところが、組織は生き物であるため、善悪を抜きにして、組織として永遠に生き続けようとする。いつまでも組織を存続させようとするのだ。また、そのための手法として、組織は規範という規律を生み出した。

黎はそう認識していた。

たとえば、古代国家であれば、その規範が律令であり、現代国家であれば、憲法や法律である。また、宗教団体であれば、それが戒律となった。さらに法人や各種団体、あるいは教育機関のような社会的な組織であれば、それが社則とか規約、学則などと呼ばれた。

これらの規範が絶対的に正しければ、その組織に所属する人々は幸せだと思う。だが、規範はごく一部の支配者層の観念と作為によって創られたものである。そのため、そこには必ず創り出した者たちの恣意的な意図が隠れていた。

その恣意性が組織内に所属している、極めて小さな存在である黎の観念と対立した。その時、組織は黎を排除したり、疎外したり、あるいは拘束しようとする。

黎は組織のすべての規範を否定していたわけではない。だが、規範のなかに、どうしても許容できないものが存在していた。黎はその内容に疑問を呈し、納得できるまで従うことを拒否し続けていたに過ぎない。また、事あるごとに、なぜ、個人の観念と組織の規範が対立するのか、その答えを大人たちに聞き求めた。

しかし、大人たちは黎に対して、誰もまともに答えてくれなかった。そのなかでも、最もひどい答えが、「それは大人になればわかる」というものだった。子供さえ納得させられないのに、大人になればわかるはずなどなく、到底、黎には受け入れられなかった。

黎と同世代の多くの同級生たちは、その規範を躊躇することなく受け入れ、組織に盲目的に従属していた。だからこそ尚更、大人たちは黎のような反抗者を許すことができなかったのだろう。

誤解してほしくないのだが、黎がある特定の政治思想に染まっていたわけではない。ただの文学好きな、どこにでもいるませた子供に過ぎなかった。それなのに、黎は徐々に学校やサークルなどの組織から疎外され、校内で浮いた存在になっていく。

黎は周りから「変わり者」と呼ばれ、校内での話し相手さえいなくなった。だが、そのことで黎が孤独を感じることはなかった。黎には文学や哲学があったからである。黎はそれらに深く傾倒し、暇を見つけては文学書や哲学書を読みあさった。

やがて黎は、読むことから創作することへと、自分の興味の対象を広げていく。自分自身の思いを文字によって表現することを、黎は強く志向するようになった。黎は絶えず、いまの自分の思いをノートに記し、それをテーマにした短編小説を書き続けるようになった。

この話を真里亞にすると、彼女は必ず黎を褒めてくれた。それが嬉しかった。

「黎は強いわね。私はそこまで強くなれなかった」

「真里亞も学校で孤立していたの?」

「黎ほどじゃないけど……。私の場合はいじめね。ずいぶんいじめられたわ。でも、黎が文学に傾斜していったように、私は演劇に夢中になったの。虚構の世界で虚構の自分を演じる。そんな自分を想像して、自分の正気を保っていたと思うわ」

黎たちはお互いに初めて、自分の抱えていた問題を素直に話し合える相手ができたのだ。黎はいままで書いてきた短編小説を真里亞に見せ、彼女は戯曲の小さなシーンを演じて見せてくれた。黎は真里亞が演じたそのシーンに心を奪われ、その才能の豊かさに驚嘆した。

黎にとって真里亞の存在は、黎の乾いた心を潤してくれる湧き水のようだった。また、真里亞にとっても、黎は得がたい話し相手であった。

真里亞は演劇を演じるなかで、自分が何を表現すべきなのか、そのことに関してずっと悩んでいた。そんな真里亞にとって、黎は真里亞の知っている誰よりも、表現に対して純粋に取り組んでいる人間だった。だから、表現に関する黎の言葉は、真里亞にとって暗い道のりを照らしてくれる、松明の灯のようであった。

人はなぜ表現を求めるのか、何を表現すべきなのか。そのことを二人はいつも真剣に語り合った。それは、二人にとってかけがえのない時間であり、二人の喜びのほとんどを占めていたと言えるだろう。

七

七月、大学が夏休みに入った。

黎と真里亞は話し合い、今回は故郷に帰らず、都内でアルバイトをしながら、お金を貯めることにした。もちろん、帰らないことに関して、二人は事前にお互いの母親の承諾を得ていた。

二人の母親たちは同じように寂しがったが、二人は入学したばかりで、勉強が忙しくて帰れないと嘘をついた。そのことだけが二人には心苦しかったが、二人でずっといられる喜びの方が勝った。

真里亞はお茶の水にある印刷屋で活字拾いのアルバイトを始め、黎は同じお茶の水にある出版社で、配送業務の仕事に携わることになった。

毎朝、二人で一緒に出かけ、午後六時過ぎになると、お茶の水の聖橋《ひじりばし》の上で待ち合わせをして、中央線快速に乗って吉祥寺へ帰ってくる。

北口の駅前にある〈栄食堂〉で定食の夕ご飯を食べ、アパートに戻ると、また二人で公衆浴場へ出かけた。公衆浴場はアパートから歩いて三分くらいの所にあった。二人はお湯から出る時間を待ち合わせして、手を繋いでアパートへ帰る。

特に取り立てて言うことのない平凡な日常の連続であったが、二人にはそれがすごく楽しく、アルバイト生活が苦にならなかった。

二人で助け合いながら生きていくことに、黎はいままで味わったことのない強い充足感を覚えていた。

（真里亞と結婚すれば、この幸せがずっと続くのだろうな）

黎はそう思い、真里亞との結婚を漠然と夢見た。

この時の黎は、二人に迫ってきている全共闘闘争の波など、ほんの少しも意識していなかった。二人はどこにでもいるような、大学に不満を感じている、ごく普通の大学生だった。二人でいれば安らぎに満ちた穏やかな日々が、これからも永遠に続くと信じていた。

八

七月最後の日曜日。

吉祥寺周辺は緑と花々に囲まれ、美しい時を迎えていた。

黎が真里亞に「井の頭公園へ遊びに行こうか？」と声をかけた。

「ほんと」

そう言って、真里亞が嬉しそうに大きく頷いた。

井の頭恩賜公園。

吉祥寺駅の南口に位置し、吉祥寺と三鷹にまたがる広大な公園である。井の頭池という大きな池を取り囲むように通路と植栽が整備されており、四季を通じて自然の美しい表情を見せてくれる公園だった。いつも多くの人やカップルで賑わっている。

手を繋いだ二人は吉祥寺の北口から南口へ回り、井の頭恩賜公園と縦書きに書かれた看板を通り抜け、園内へ入った。

「なんだか、ほんとうのデートみたいだね」と真里亞が言って、繋いでいた手を大きく振った。

確かに黎たちは、いままで二人でデートをすることがなかった。

「ほんとうにそうだね。いままで一緒に出かけても、大学かアルバイトに行くだけだったからね」と黎が答えた。

「嬉しいね」

真里亞が黎に同意を求めた。

「うん。嬉しいね」

黎がそう答えると、真里亞が繋いでいた手をまた大きく振った。

二人は時間をかけて、井の頭池の周りをゆっくりと歩いた。

「ねえ、知っている？」

「何が？」

「この池の湧き水が神田川の源流になっているのよ」と真里亞が言った。

「ほんと、知らなかった」

黎が驚いたように真里亞を見た。真里亞がにこにこ笑っている。

(この時間が永遠に続けばいいのに)

黎はそう思った。

池の端にはボート乗り場があり、数艇のボートが湖面を漂っている。

それを見た黎が口を開いた。

「ねえ、ボートに乗らない？」

「いや」と言って、真里亞が首を小さく横に振った。

「どうして？」

「アベックが井の頭公園の池でボートに乗ると、必ず別れるという噂があるの。だから嫌なの」

真里亞が真剣な顔をして答えた。

その噂話は黎も聞いたことがあった。

井の頭池には弁財天が祀られており、カップルがボートで近づくと弁財天が嫉妬して、そのカップルを別れさせると噂されていた。

「それ、ただの迷信だよ。僕たちは別れないから」

「ほんとう？」

真里亞が心配そうな顔をした。その顔を見た黎は可愛いと感じた。

「ほんとうだよ。絶対に別れないよ」と黎が力強く言った。

すると、真里亞がいたずらっぽい目をして言った。

「絶対なんて、存在しないから」

「じゃ、誓って」と黎が言い直した。

「ほかには？」と真里亞が聞いた。

黎が同じ意味の言葉を探し始めた。

「うーん……。神掛けて、断じて……、相違なく……」

いつの間にか、いつもの言葉遊びが始まっていた。

「何だか、絶対という意味から、どんどん遠ざかっているわね」と真里亞が言って、笑った。

「そうだね」と黎も笑いながら返事をした。

黎がもう一度、真里亞を誘った。

「ボートに乗らない？」

「わかった、乗ろう」

そう言って、今度は真里亞が黎を引っ張るようにボート乗り場へ向かった。

それから二人は一隻のボートを借り、代わる代わるボートを漕ぎながら、歓声をあげてその時間を楽しんだ。それが黎と真里亞にとって、唯一の恋人らしい一日となった。

九

八月も残り一週間となり、二人のアルバイト生活の終わりが見えてきたある日、アルバイトから帰宅した黎に嬉しい連絡が届いていた。

黎の書いた短編小説が小さな雑誌社の文学賞を受賞し、その作品が雑誌に掲載されたのである。黎は自分が受賞したことよりも、書いた作品が雑誌に掲載され、複数の読者に読まれたことの方が嬉しかった。

黎以上に喜んだのが真里亞だった。

真里亞は雑誌に掲載された黎の短編小説を何度も何度も読み返した。それから、雑誌から目を離し、「ねえ、黎のお母さんに報告した?」と聞いた。

「いや、まだしてない」

「だめじゃない。早く、お母さんに報告しないと……。雑誌も送ってあげてね。すごく喜ぶと思うわ」

それを聞いた黎の脳裏に母親の笑顔が浮かんだ。

「ねえ、お祝いをしよう。私が奢るから」

真里亞がそう言って、黎にすり寄ってきた。

黎は真里亞の肩を抱き、「いいよ、しなくとも」と答えた。

黎は自分のことで、真里亞に余計な出費をさせたくなかった。

「だめ、だめ。お祝いをしよう。〈バンビ〉へ行って、ご飯を食べよう」

「いいよ、〈バンビ〉は高いから。それならば、二人で学食へ行こう」

「だめだよ。それじゃ、いつもと変わらないじゃないの。大丈夫、お金はあるから」

真里亞がアルバイトで得たお金をさらに倹約して、その一部を密かに貯めていることを黎は知っていた。

「それ、真里亞にとって大事なお金だから。いざという時に取っておかないと……」

「ばかね。いまがその、いざという時じゃないの」

そう言って、真里亞が嬉しそうに黎の腰へ手を回した。その顔があまりにも輝いていたので、黎はそれ以上の言葉を返すことができなかった。

それから、二人は少し綺麗な服に着替えて、〈バンビ〉へと向かった。

シックな佇まいで落ち着いた雰囲気の、少し狭い〈バンビ〉の店内へ二人は入った。この店はハンバーグとロールキャベツが絶品だと評判の洋食屋で、黎はハンバーグを、真里亜はロールキャベツを注文した。

「美味しいね」

真里亜が目を輝かせて、ロールキャベツを食べていた。

真里亜のその嬉しそうな顔を見られただけで、黎は満足だった。もちろん、黎が食べていたハンバーグも想像以上に美味しくて、その味に黎は感動した。

黎が真里亜に感謝の言葉を口にした。

「ほんとうに美味しいね。本物の洋食の味も初めて知った。真里亜、ほんとうにありがとう」

「このあと、デザートにババロアを注文しよう。〈バンビ〉に来て、ババロアを頼まなければ来た意味がないもの」と真里亜が言った。

「ババロア?」

黎が首を傾げた。

「そう、ババロア。黎は食べたことある?」

「いや、ない」

「じゃ、食べなきゃ」

真里亞はそう言うと、店員を呼び、ババロアを二つ注文した。

このババロアは〈バンビ〉の特に有名なデザートで、都内の美食家の間で絶賛されていた。

すぐに、二人の前にオレンジ色に輝くババロアが運ばれてきた。黎は初めてババロアを食べたが、その甘酸っぱい味とオレンジソースの香りに圧倒されてしまった。

「ババロア、美味しいね」と黎が言った。

「そうでしょう」と真里亞が自慢げに答えた。

二人はババロアを食べ終わると席を立った。

店の出口横で会計をしている真里亞を見て、黎は少し申し訳ないような、支払いをすることのできない自分が不甲斐ないような、複雑な気持ちに襲われた。

そんな黎の様子を真里亞が見て微笑み、帰り際に「また、来ようね」と言った。

「うん、また来よう。今度は僕のお金で、真里亞が好きなものを、何でも食べていいから」

それを聞いた真里亞が「ほんとう?」と言いながら、黎の顔を下から覗き込んだ。

「ほんとうだよ」

黎がそう答えると、真里亞が嬉しそうに黎の手を握った。

その小さくて柔らかく、力を入れて握ると壊れそうな真里亞の手の感触が、黎の心を激しく揺り動かした。

黎は心の底から、自分の働いたお金で真里亞を〈バンビ〉に連れてきたいと強く思った。

第二章
覚醒の季節

一

夏休み明けの大学の教室では、全共闘のことが大きな話題となっていた。教室のなかで、多くの同級生たちがその内容や行動に関して、さかんに語り合っている。

それを見た黎と真里亞は驚きを隠せなかった。二人がアルバイトに熱中している間に、大学の抱える問題がこれほどまでに顕在化しているとは、想像もしていなかった。なぜなら、黎も真里亞も大学の現状に関して不満を感じていたが、それを積極的に解決しようとは思っていなかったからだ。

また、どうやったらそれが改善できるのか、その方法さえ知らなかった。問題意識だけが先行している状態だったのだ。だから、二人は周りに言われるまで、全共闘に関してそれほど気にかけていなかった。大学の様々な問題は、きっとセクトが解決してくれるだろうと、安易に考えていた。

当時、大学には学生による社会革命組織が存在している。それが政党や政治団体の下部組織である「全日本学生自治会総連合」、通称「全学連」と呼ばれていた学生組織である。この全学連は所属する上部組織の政党によって、複数の組織に細分化されていた。それが大学の自治会を支配している各「セクト」である。

セクトという言葉自体は英語の宗派や分派を意味しており、それを学生組織が自分の党派を指す言葉として使用していた。いままで各大学ではこのセクトが中心となり、大学の問題や学生の要求を大学側と交渉してきた。その意味で、セクトは政治闘争を行うプロの学生集団であった。

それに対して、大学にはセクトに属していないが、大学の問題に対して声をあげなくてはいけない、と考え始めた層も存在した。その層こそが、「ノンセクト」と呼ばれていた無党派の学生層である。

大学にはそれ以外に、ノンポリティカルを略した「ノンポリ」と呼ばれる、政治に無関心で、大学の問題にも一切興味を示さない数多くの学生層が存在した。

端的に言えば、この頃の大学の学生層は、セクト、ノンセクト、ノンポリの三重構造によって構成されていたと言える。そのなかで、いままではノンポリが最も多数派を占めていた。それだけ、多くの学生たちが自分たちの問題に無関心であった。だが、全共闘の登場によって、その構造が大きく変わっていく。やがて、各大学でノンセクトの学生が多数派を占めるようになる。

どこの組織にも属しておらず、大学への問題意識だけは持っているという点では、黎や真里亞も無党派層のノンセクトに近かった。

この無党派層が全学連とはまったく異なる思想のもとで、自らが立ちあがり、集団で大学と交渉しようと考え始める。それが「全学共闘会議」、略して「全共闘」であった。

全学連と全共闘。

言葉は似ているが、その本質は大きく異なっている。両者の違いを極めて単純化して言えば、全学連は日本における共産主義革命を目指し、行動をしていた。全学連にとって全共闘は、全学連の革命運動における一つの過渡的姿でしかなかった。ひょっとしたら全共闘のことを、全学連が考える革命を成就するための、都合のよい風潮と捉えていたのかも知れない。

ところが、全共闘はそんな共産主義革命を初めから求めていなかった。全共闘が求めていたことを簡単に言えば、「あらゆる歪みを正し」、さらに「ほんとうの学問」や「人間の生きる意味」などを明らかにすることであった。

全学連と全共闘。両者の間には、最初から大きな思想的乖離が存在していた。

二

全共闘闘争は学生の純粋な怒りから始まった。

その怒りの内容を一言で表現するとすれば、それはあらゆる歪みに対するものであった。あらゆる歪みとは、〝世界の歪み〟〝社会の歪み〟〝常識の歪み〟〝大学の歪み〟、そして〝自分自身の歪み〟だった。それらに対して、黎たち学生はみんなで怒った。その怒りを象徴した学生の集合体が全共闘である。

黎たちがまず感じた最初の怒りは、大学に対する怒りであった。ただ、その怒りは各大学の在り方や、そこに入学した学生個人の幻想によって、その質や強さが異なった。まだ問題意識が全体的に共有化されていなかったと言える。

ある大学では経営者層の汚職が発端となり、また、ある大学では教職員の待遇問題が……。あるいは、ほかの大学では学費の値上げなどが起因となった。しかし、それらはあくまでも発端でしかない。

実は多くの大学では、以前から学生の間にもっと本質的な問題が、噴火前のマグマのように蓄積されていて、それが耐えきれずに爆発に至ったのである。

黎の場合も同じであった。

その本質的問題とは大学の授業内容そのものだった。大学の授業内容が多くの学生の要求に応えられなかった。こうした大学の本質的な問題は、黎にとっても切実な問題であった。

もともと黎は大学に対して、極めて大きな幻想を抱いていた。自分が悩んできた個人と組織との相克への答えが、大学の授業のなかで見出せるのではないだろうか。黎はそう考え、大学に入学したが、その幻想はあっという間に霧散してしまう。わずか三ヶ月の間に黎は様々な真実を見てしまったのだ。

黎にとって、大学は教育機関ではなく、メニューだけの大衆食堂だった。目の前に古ぼけた染みだらけのメニューを広げられ、「さあ、好きな料理を選んでください」と言われている。しかし、いくら選んでも、料理そのものは出てこない。自分で食材を買い求め、自分で調理しなければならないのだ。学問を自分で研鑽するという意味では、それは納得できる。

だが、調理するための正確なレシピは示されない。どうやって学問を昇華させるのか、その方法がわからなかった。しかも残念なことに、そのメニューは読書家の黎にとって、あまりにも古過ぎた。すでにいままで読んできて、吟味し終わった使えないメニューだった。ほとんどの授業内容が、昭和初期から導入してきた知識の翻訳である。

さらに、組織としての大学は腐敗した塔でしかなかった。多くの大学教授は教育者ではなく、権力や権威に従属した知識人や文化人だった。大学教授は教育内容の深化よりも、大学内での出世競争に熱中している。まるで、多くの国の官僚組織のようだった。

黎は入学早々、そのことを実感する出来事を体験する。

それは入学して二日目に受けた言語学の授業であった。五十歳代後半と思われる教授が、自分の書いた教科書をただ読みあげながら、「人間が言葉を話すようになったのは、火を使うための道具が必要となり、その道具をみんなで使うために言葉が生まれた」と説明した時である。

黎はその説明に疑問を感じた。

人間は愛情や感情を表現するために、まず言葉を発したのではないだろうか。

たとえば、最も身近な母親を呼ぶ時。あるいは、誰かに愛情を伝えようとした時。その時に言葉が芽生えたのではないのだろうか。

黎はどう考えても、人間が道具を使うために言葉が必要になって、最初の言葉が生まれたとは思えなかった。言葉は人間が自らの感情を表現するために生まれたものではないのか。

そこで、黎は授業中に手を挙げ、自分の疑問を言語学の教授に質問した。

すると、その教授は鋭い視線で黎を見て、「君は何組の、何という名前だ」と黎を問い質した。

黎がそれに答えると、教授は自分が手にした教科書の空欄にそれを書きとめ、

「授業中につまらない質問をして、講義の邪魔をしないように。わからないことは私の教科書をよく読めば書いてあるから」

と言って、また自分の書いた教科書の朗読を始めた。

黎がその教科書の奥付を見てみると、何と初版が二十年前のものだった。おそらく、この言語学の教授は、二十年前からこのような独善的な授業を行っていたに違いない。ほかの識者や学生の意見など、気にも留めてこなかったのだろう。

それから数ヶ月後、この言語学の教授が大学の文学部部長へと昇進する。さらにその二年後、大学の副学長にまで出世することになるのだ。

大学の腐敗は教授だけではない。理事とか評議委員と呼ばれる、拝金主義者の経済人が

大学の経営を牛耳り、私物化することで、さらに腐敗が進行していた。程度の差こそあったが、大学は堕落した教授たちや拝金主義者たちの巣窟であった。

もし、それが黎の入学した大学だけの問題であれば、黎にはほかの大学へ受験し直す、という解決策があったのかも知れない。しかし残念なことに、これらはすべての大学が抱えていた共通の問題点でもあった。そのことはすぐに証明されることになる。のちに全共闘と呼ばれる、黎たち多くの学生の手によって――。

大学の本質的な問題が明らかになるに連れて、学生たちの間で、果たしてこのままでよいのか、という疑問が生まれ始めた。大学という教育機関のなかで、腐敗した権力や権威主義、劣化した授業カリキュラムなどを放置しておけば、必ずや真の学問が衰退することになる。それは黎たち学生自身の問題であり、学生たち自らの手で解決しなくてはならない課題だった。

非常に多くの学生たちが、これ以上いまの大学の現状や問題から目を逸らしてはいけないと考えるようになった。黎も同じであった。ただの文学好きの青年だった自分の間違いに気づく。自分の存在や行動は大学などの社会と密接に絡んでいたのだ。そのことを心から理解させてくれたのが、真里亞の逮捕だった。

黎は自分がいつまでも大学の問題に目を瞑って、第三者的な立場に埋没していては駄目だと感じた。必要なのは少しの勇気と闘う覚悟だった。

（いまより、半歩前に出よう）

黎はそう思った。

やがて、黎たち学生は、いつの間にか陳腐な言葉の代名詞にさせられていた、〝真実〟〝正義〟〝公平〟などを求めて、立ちあがることになる。

こうした学生たちの兆候に気づいた大学側は驚き、戸惑いを隠せなかった。それでも最低限、大学側は学生たちと話し合う態度を示そうとした。しかし、それを壊したのが国家であった。

文部省からの通達により、大学側は話し合うことよりも大学に機動隊を導入させ、不満を持つ学生たちを逮捕させた。これを意図的に主導したのが当時の首相や文部官僚たちだった。

多くの学生たちはそのことに対して、許せない怒りを覚えた。黎もそうであった。真里亞の逮捕で、権力や権威を憎んだ。

（国家は信用できない。ならば、自らの手で闘って、権利を得ていくしかない）

学生たちはみんなそう思った。

その結果、この年の五月から六月の間に、二つの大学で初めて全共闘と呼ばれる組織が結成された。

その時、黎や真里亞を含め、多くの学生は大学や国家に対して、同質の怒りを覚えていたが、まだ全共闘の存在やその思想の内容を詳しく知らなかった。だがやがて、夏休みを越え、この全共闘の思想が黎たちだけでなく、全国の学生の間に波及していく。

それは愚かな経済評論家によって、一方的に〝団塊の世代〟と揶揄されていた、黎たちの「層としての反乱」だった。

三

人は隠された真実に初めて触れた時から、人間としての存在の真価が問われることになる。

十月に入り、大学ではベトナム戦争への反対を叫ぶ声が、次第に大きくなってきた。そこでは、黎の知らなかったベトナム戦争の真実が語られていた。

黎はベトナム戦争の悲惨な状況に関して、一般的な知識は持っているつもりだった。アメリカ軍による理不尽なベトナムへの空爆に対しても、ほかの人々と同様の反感を覚えていた。

だが、そのアメリカ軍の爆撃機が、なんとこの日本の沖縄から飛び立っていた。しかもその爆撃機のジェット燃料が、新宿駅を経由して鉄路で運ばれている。その事実を黎はいままで知らなかった。

黎は初めてベトナム戦争の真実の一端に触れた。それが黎の心に強い衝撃を与えた。黎はいままでベトナムで何が行われ、それに日本の国家がどのように関わってきたのか。日本のほんとうの姿を何ひとつ知らずにいたのだ。そのくせ、黎は舶来の実存主義や新実存主義に心を奪われ、海外の文芸思想に影響を受けていた。

黎がロシア文学やフランス文学に憧れることはいいだろう。しかし、この日本でいったい何が行われているのか。本来、その真実の把握なしに、黎の文学は成立し得ない。黎は無知で、ただの観念的な田舎の文学青年に過ぎなかった。黎は自分の未熟さを強く自覚した。

黎はジェット燃料の輸送に気づかなかった、愚かな自分自身を強く恥じた。そして、それを許している国家や社会に対して、純粋に怒りを覚えた。

黎が自分の無知を許容しているうちに、いつの間にか黎はアメリカに荷担し、アメリカ軍と一緒になってベトナムを爆撃していた。それが真実であった。そんな黎がベトナム戦争に対して、口先だけで反対しても何の説得力もない。ベトナム戦争の重大な事実に無自覚だった自分を、黎は許せなかった。

この問題意識は黎の大学に対する怒りと本質的な部分で繋がっている。問題の真実に触れた時、黎はどう行動するのかが問われていた。同時に、問題の背景を直視してこなかった自分自身に対しても、黎は怒りを覚えた。

黎の大学やジェット燃料の輸送に対する怒りは、決して政治的なものではなく、人間的な怒りである。それは言い換えれば、あらゆる不正や歪みに対する怒りでもあった。愚かにも、黎が知らずに生きてきた様々な歪み、そして、自分自身の歪み。そのことに黎は気づき、そのすべてを怒った。そして、黎は自分の歪みが社会や国家の歪みに繋がっていることを自覚した。

（ジェット燃料の輸送に対して、自分も闘わなくてはならない）

黎はそう強く思った。

しかし、だからといって、「ベトナムに平和を！」と叫びながら、道路交通法に則ったデモ行進を行っても、それは贖罪のための偽善行為にしかならないと感じた。

そうした抗議行動は権力に容認されて開催される、各地の秋祭りへの参加と本質的には何ら変わらない。自分の一時的な自己満足のために踊り続けることは許されないのだ。祭りで手にする提灯の炎では、何の真実も照らせないし、闘いの炎とはならなかった。

黎が心からベトナム戦争に反対するのであれば、国家が、同時に黎自身が無自覚のなかで荷担してきた、ベトナムに対するアメリカ軍の爆撃を止める必要がある。そのためには、強い意志を持って、ジェット燃料の輸送を阻止することしかあり得なかった。

（何としても、輸送を止めなくてはならない。それしか、ベトナムの人々の苦しみに応えることができない）

黎はそう考えた。

もし、黎の行動を社会やマスコミが非合法だと糾弾するならば、その批判は甘んじて受けよう。政治的に無知な黎の行動に欠落している理屈は、のちに歴史が黎の代わりに紡いでくれるに違いない。

黎はそう決心し、非合法であっても、確実にジェット燃料の輸送を止める行為に参加することを決意した。

ただ、黎は初めから非合法なデモを目指していたわけではない。黎の求めた結論が、いまの日本の社会では、結果的に非合法であったに過ぎない。

黎の生きている社会には、行動や言論の〝自由〟など初めから存在していない。それは思い違いでしかない。黎たちは、所属している国家が許す範囲内の自由しか享受できないのだ。この真実は民主主義国家だろうと、共産主義国家だろうと変わらない。

真の自由は黎の観念のなかにしか存在していないのだ。

その観念に従って黎が行動した場合、それが国家のなかでは犯罪になることもあり得るだろう。どの国に生きていても、個人が権力や権威の不条理や腐敗に抵抗すれば、その個人は必ず弾圧されることになる。大切なことはその弾圧に耐え、抵抗する気力があるか、ということであった。

黎は自分にはそれがあると思っていた。あとは、この結論を真里亞に伝える必要があった。たとえ、ほかの誰にも理解されなくても、少なくとも真里亞にだけは自分の思いを認めてほしかった。

四

十月下旬、非合法デモ参加の前夜。

炬燵で向かい合って話す黎の言葉を、真里亞が何も言わずに聞いていた。

黎がすべてを話し終わると、初めて真里亞が口を開いた。

「私も参加するわ」

それは黎にとって、半ば予想していた返事であり、同時に恐れていた言葉でもあった。

黎が黙って首を横に振った。

「どうして？」と真里亞が聞いた。

「もしまた、真里亞が捕まったら、真里亞のお母さんがもっと悲しむことになる」

「それって、黎も同じじゃないの。黎が捕まれば、黎のお母さんだって悲しむよ」

「うん。だから僕は絶対に捕まらない」

「ほんとにそんなこと言えるの？」

真里亞が黎の顔を覗き込んだ。

「うん、約束する。だから、真里亞の分まで僕が闘ってくる。真里亞は家にいて、僕が帰るのを待っていてほしい。ひょっとしたら、僕がこの闘いに参加したことで、僕が社会的な批判を受けるかも知れない。その時に、真里亞にだけは僕の行動を理解してほしいと思っている」

黎の言葉に真里亞が大きく頷き、「わかった。私はいつもあなたの味方だから」と答えた。その一言さえ聞ければ、黎に何の迷いもなかった。

五

デモ参加の当日。

黎がアパートを出ようとした時、「怪我しないようにね」と真里亞が言いながら、黎に新品の歯ブラシと歯磨き粉のチューブを手渡した。

「これは……」

「お守り。黎が必ず帰ってくるように」

真里亞がそう言った。

だがそれは黎が逮捕され、拘留された時、黎が歯を磨くための道具であった。

真里亞は黎に対して、無事に帰ってきてほしいと心から願っていた。しかし、それらの商品には、もし黎が捕まった場合には、それを使用しながら、長い拘留と厳しい取り調べに耐えてほしいという願いが込められている。それは極めて矛盾に満ちていながら、痛いほどいじらしい真里亞の思いであった。

「ありがとう」

黎は礼を言いながら、それらをジーンズの後ろポケットに仕舞った。

同じ時代と同じ空間を共に生きている二人にとって、これ以上多くの言葉による確認は必要ではなかった。

六

四ツ谷駅麹町口前。

学生街の中心に近いこの四ツ谷駅の駅舎の前で、黎は多くの学生たちと共に仄日を浴びながら、全身をオレンジ色に染めていた。

秋なのに異常なほど日差しが強く、眩暈にも似たまぶしさを感じる。黎は目を細め、ほかの学生たちとその時が訪れるのをひたすら待ち続けた。黎がここで待つことに何の意味もない。しかし、その先へと繋がる時間に黎は意味を求めていた。この先、黎が体験するすべての闘いはここから始まることになる。

この日、首都の各地でベトナム戦争に反対する多くの集会やデモが行われる予定だった。ジェット燃料の輸送を阻止する行動として、黎はこの無党派の非合法デモに参加することにした。しかし、黎の観念のなかでは、いつものように葛藤が渦巻いていた。

黎が反戦デモに参加するためには、そのデモを計画化し、実施する組織に参加する必要がある。それが、観念の主体性を最重視する黎にとって、極めて悩ましい問題の一つだった。

主催者が既存政党やセクトでなくても、一つの組織が主催するデモに参加するということは、その組織の思想や理念を黎が受け入れることになる。確かに黎は闘うことを選んだが、どの組織にも属したくなかった。だが、闘いの方法も経験もない黎は、残念なことに一人では闘えなかった。

そこで黎は妥協したのだ。

自分の思想に最も近いと思われる組織での闘いを、黎は選択した。それが、この無党派の学生集会であった。なぜか、この学生集会は主催者がはっきりとしていなかった。もちろん、無党派であっても、デモを実行するためには組織体が必要である。それなのに、この学生集会はそれが極めて曖昧としていて、旗もなく、アジテーションすら行われなかった。ただ、学生たちが集まり、何かを待っているだけという奇妙な集団だった。

黎はすぐには超克できない自己矛盾を感じながら、多くの学生たちと共にここで待っていた。やがて、駅に集まってくる学生の数が増え、駅前に大きな集団の渦ができあがろうとしている。

長い時間が経過し、あれほど眩しかった日差しが、いつの間にか柔らかなものに変わっていた。さらに、それからしばらく経った時、黎たちに鶏卵のような白いヘルメットと黒の太い油性ペンが配られ始めた。

初めてヘルメットを手にした黎は、そこに何と書こうか、しばらく逡巡した。

黎の周りにいた学生たちが手早くヘルメットに「反戦」と書いていく。だがその言葉には黎の思いに重なる部分と乖離する部分とが存在している。黎はすべての戦争行為に対する反戦意識をまだ持っていなかった。そのため、大きな声で反戦を叫ぶことには躊躇があった。

黎が周りをよく見回すと、「無」とか「死」と書かれたヘルメットも、ちらほら見えた。その発見が黎を勇気づけた。

（ああ、ここでは何を書いてもよいのだ）

黎はそう感じた。

マジックを手にした黎が、ヘルメットに「虚無」と書いた。その言葉がいまの自分の気持ちに一番近いと感じたからである。

黎がそのヘルメットをかぶろうとした時、隣で男の声がした。

「初めてですか？」

黎が振り返ると、黎より二、三歳年上と思われる長身の学生が、黎を見つめて微笑んでいた。

「はい」と黎が答える。

すると、その学生が、「こうするといいですよ」と言いながら、黎のヘルメットを手に取って裏返しにした。それから、一枚の新聞紙を何度か折り畳み、厚く小さくなった新聞紙をヘルメットの頭部に敷いた。

「それって、どういう意味があるのですか？」と黎が聞いた。

その学生が照れたような笑いを浮かべて、「こうすると、機動隊に叩かれてもヘルメットが割れないそうです」と答えた。

「ほんとうですか?」

「いや。たぶん、迷信です」

そう言って、その学生が照れたように笑った。それにつられて黎も笑っていた。

その瞬間、黎の心に張られていた緊張の糸が緩んだ。

おそらく、その学生は黎があまりにも緊張しているので、それを和ませるために声をかけたのに違いない。その学生が黎に軽く会釈をして、その場を去って行った。

黎は裏側に新聞紙が敷かれたヘルメットをかぶり、ヘルメットの両方の耳紐にタオルをねじ込んだ。

その瞬間、黎は雪国の田舎から出てきた青臭い文学青年から、世間で非難されている学生闘争の闘士へと変身した。それは、少しばかり誇らしくもあり、田舎の母親に対して後ろめたくもあった。

この時以来ずっと、黎はヘルメットの頭部の裏側に、折り畳んだ新聞紙を敷き続けることになる。

七

「闘える人、いますか？」

黎の眼の前に広がっている人垣の向こうの方で、女子学生の声がした。黎にはその声が自分を呼んでいるように思えた。

（自分は闘うために参加した。それならば、その声から逃げることができないだろう）

黎はそう思い、人垣をかき分けて、声が聞こえてきた方向へ歩み寄った。そこでは、数人の女子学生たちが角材を配っていた。

黎が角材を配っている女子学生の前に進み出て、遠慮がちに右手をあげる。

女子学生が黎を見て、「わかっていると思いますが、ゲバ棒を持つと逮捕される危険があります」と言った。

デモの場で角材を握ることは、凶器準備集合罪の対象となり、逮捕されることが多かった。あるいは、公安の私服に写真を撮影されて、後から逮捕されることもある。

自分がいつ逮捕されてもよいという覚悟があって初めて、角材に手を触れることができた。黎が黙って頷き、右手を差し出す。女子学生が笑みを浮かべ、黎の手に角材を渡した。黎が初めて手にしたゲバ棒は、思ったよりも細くて頼りなく、角がざらざらした感触の、非常に安物の角材であった。

(こんな頼りない棒で闘うのか)

その驚きが、黎が感じたゲバ棒への第一印象だった。

黎が確かめるようにゲバ棒を軽く上下に振るっていると、「もうすぐ出発します。ゲバ棒部隊はデモ隊の先頭に並んでください」と、違う女子学生の声がした。

黎がその声に促されるように列の前の方へと進んだ。

ついに、黎にとって決して忘れられない一日が、いま始まろうとしていた。

「六列横隊！　六列横隊！」

背の高い一人の男子学生が先頭で叫んでいた。ほんの少し前、黎のヘルメットに新聞紙を折り畳んで、敷いてくれた学生だ。どうやら彼がこのデモ隊のリーダーのようだった。

黎たちの出発する時が来たのだ。

黎はゲバ棒をしっかりと両手で握り、それを前へ突き出す形で、列の一番先頭に位置した。黎の目の前には、三人の学生たちがいた。三人のヘルメットには「無党」と記されている。そのうちの一人が、あの長身のリーダーで、ホイッスルを口に咥えていた。彼を真ん中に挟み、二人の学生が背伸びをしながら、列の後ろを確認している。黎も後ろを振り返って見ると、ゲバ棒部隊が五列くらい続き、その後ろには先ほどゲバ棒を配っていた女子学生たちが数列いた。さらにその後ろには、駅に集合していた多くの学生たちの隊列が続いている。その数は、おそらく全体で三百人弱くらいだと思われた。

（もうすぐ出発だ）

黎がそう思った時、真里亞の笑顔が浮かび、静かに消えていった。

突然、リーダーが「ピー！」とホイッスルを鳴らした。

シュプレヒコールもなく、様々な「革命歌」や「労働歌」を歌うこともなく、リーダーと二人の学生がいきなり車道を走りだした。黎や黎の両脇にいた学生たちも、みな同じようにゲバ棒を斜めに突き出して、懸命に駆け始めた。

黎の背後で、「米タン！」「粉砕！」「闘争！」「勝利！」と交互に叫ぶ学生たちのかけ声が聞こえた。それが非合法デモに参加しているという強い実感を黎に与えた。

八

四谷四丁目、新宿一丁目、新宿二丁目、新宿三丁目と、黎たちは一塊となって新宿通りを全速力で駆けあがった。まるで、仇討ちに向かう無頼の浪士たちみたいだ。

緊張とわずかな不安。そして少しの恐怖を胸に秘めて、黎は新宿駅東口を目指して新宿通りを懸命に走った。車道には自動車の姿がまるで見えなかった。おそらく警察から連絡が入り、みんなが黎たちとの遭遇を恐れて迂回していたに違いない。

黎たちは傍若無人な暴力学生集団と認定されていたのだろう。黎たちの行動が迷惑行為なのか、どうなのか。それとも、変革のための必要悪なのか。そのことを論理的に考察する余裕など、黎にはなかった。

一刻も早く新宿駅へ突入する。みんなが息を切らしながら、新宿駅へ到達することだけを最優先に考えていた。

黎たち先頭は、ただ速く走ればよいのではなかった。絶えず、機動隊の出現に気を配りながら走る必要があった。黎のゲバ棒はその時のためにある。そんなことを気にしながら、黎はひたすら走り続けた。

新宿駅へ近づくに連れて、沿道の野次馬が増え始めていた。なかには黎たちと一緒に歩道を走る集団もいる。新宿二丁目を過ぎた所で、ドーン、ドーンという大きな爆発音が黎の耳に聞こえてきた。

黎にはそれが手製爆弾の破裂音のように聞こえて、まさか爆弾闘争が始まったのかと、一気に緊張感が増した。

黎たちが新宿駅の東口に駆けあがった時、黎はその音の正体に気づいた。白いヘルメットをかぶった学生たちが、路上と線路とを遮断していた駅の鉄製の塀を、ゲバ棒で打ち壊している最中だった。その学生たちのヘルメットには「全共闘」と書かれている。それが黎と全共闘との初めての邂逅だった。

一瞬、黎は全共闘と話してみたい、という欲求に襲われた。しかし、それを試すだけの時間的余裕がなかった。黎はすぐ、ほかの学生たちと共に鉄塀の破壊に参加した。それほど時間をかけずに、黎たちの前で大きな鉄板の一枚が、けたたましい音を立てて剥がれ落ちた。そこに外から線路へと続く広い穴が開いた。そこから黎たちは一斉に線路へとなだれ込んだ。

その時、すでにホームの反対端には機動隊が横一列に大盾を並べて、黎たちの出現を待ち構えていた。黎はいきなり機動隊と対峙することになってしまった。この時、ホームのどこにも闘い慣れたセクトの姿が見えない。素人同然の黎たちだけで闘うしかなかった。

黎たちはゲバ棒を手にして、ホームの横いっぱいに広がり、機動隊と睨み合った。初め、機動隊が黎たちを攻めようとして、ほんの少しだけ前進した。黎たちはその分だけ後退する。次に、黎たちが攻めようとして、少し前へ出た。それに合わせて、今度は機動隊が少し後退した。緊張に満ちたそんな攻防が二往復くらい続いた。

その時である。轟音が響き、機動隊が空に向かって催涙弾を次々と発射した。放物線を描いて飛んできた催涙弾がホーム上に転がり、黎の足下で破裂した。ホーム全体に独特な刺激臭が広がる。

その瞬間、黎の体のなかで何かが爆発した。

一瞬で黎の血が沸騰する。

黎は喊声をあげながら機動隊へ向かって突撃した。ゲバ棒を振りあげ、眼の前にいる機動隊員へ向かって思い切り振りおろす。

咄嗟に、機動隊員が大盾の上部の端でゲバ棒を防いだ。

バンという大きな乾いた音を立てて、ゲバ棒が二つに折れる。

その呆気なさに黎は深く失望した。

手に残ったゲバ棒の端切れを機動隊に向かって投げた。機動隊員はそれを簡単に大盾で払いのけ、黎に迫った。

機動隊員が腰から紐の付いた手錠を取り出し、手首を返してそれを振りあげる。

黎の目に手錠が鈍く光って見えた。

黎が本能的に右手の拳で機動隊員の腹を思い切り突く。

分厚い布やなかに敷きつめた金属製の防具の感触が、いつまでも黎の拳に残った。

（逮捕される）

黎がそう思った時、なぜか機動隊員が急に後ろへ下がった。

黎の背中や肩にポン、ポンと何かが当たり始め、いきなりその数が増えた。

（石だ。石が当たっている）

そう思った黎が後ろを振り返ると、線路の脇や線路の上にぎっしりと学生や社会人たちがひしめき合い、機動隊員へ向かって投石していた。そのほとんどがヘルメットをかぶっていない。全員がごく普通の学生や社会人であった。

すぐに、もの凄い大量の石が機動隊に向かって投げられ始めた。数え切れないほどの投石を受けた機動隊の頑丈なジュラルミンの大盾が、アルミホイルのような、薄く頼りない素材にみるみる変わっていく。

黎はいままでこんな光景を見たことがなかった。

（みんなに助けられたのだ）

熱い感情が黎の胸に押し寄せる。

ホームに散らばった石を黎は両手で拾い、機動隊へ向かって走った。黎だけではない。ヘルメットをかぶった学生たちが一斉に機動隊を襲った。慌てた機動隊員が逃げるように退却を始める。

黎たちは機動隊員を追って、追って、石を投げ続け、完全にホームから追い出した。

黎たちの後ろでは、多くの学生や社会人たちがホームへあがろうとしていた。さらに線路の先には、集団で隊列を組み、こちらへ向かって線路を進んでくるセクトの学生たちのヘルメット姿がぼんやりと見えた。

黎たちは権力や権威に勝利したのである。表現できないほどの高揚感に黎は包まれた。そして、それが大きな快感と幸福感に変わった。

大衆が蜂起すれば権力に勝てると聞かされてきたが、それはほんとうのことだった。黎はしばらくの間、ホーム上で勝利の余韻に浸っていた。それから、黎たちが開けた塀の穴から外へ出た。

外に出てみて驚いた。いつの間にか夜になっていて、多くの灯りが灯されている。黎は時間も忘れて闘っていたのだ。その灯のなかで、いままで見たことのないほど多くの人々の渦ができていた。その渦が大波のように動いている。

よく見れば、各セクトが集会を開いていた。それだけではない。学生、社会人、フーテン、野次馬など、あらゆる階層の人々が集まり、新宿駅東口前は熱狂の坩堝と化している。まるで、革命前夜のようだった。

のちに知ったのだが、この夜、二万人の人々が新宿駅に集まり、三千人を超える機動隊を粉砕したのである。

こうして、新宿駅の「騒乱の夜」が始まった。

だが、ほんとうは、それは黎たちにとって恐怖の始まりだった。多くの人が蜂起すれば権力に勝てる。だが逆に、その人々に見放されれば、権力に敗北することを意味していた。

そのことを黎たちはもっと真剣に捉える必要があった。しかし、その時の黎たちは熱狂と興奮の渦のなかで酔い痴れ、ただただ、その快感に溺れていた。黎たちはほんとうに無知であった。

九

「すごかったわね」

黎がアパートに帰ると、炬燵に入ってテレビのニュースを見ていた真里亞が、黎にそう声をかけた。

「うん、ほんとうにすごかった」

「黎の姿、ニュースに映っていたよ。私、すぐに黎だとわかった」

「えっ！」

真里亞の思いがけない一言に黎は言葉を失った。

「ゲバ棒持って、一番先に機動隊へ突っ込んで行ったから、怪我をしないかとドキドキした。思ったより、黎は無鉄砲なのね」

「そこまでわかったの？」

「うん、そうだよ。黎、怪我していない？」

「大丈夫、怪我してないよ」

「よかった。私も参加すればよかったな」と真里亞が残念そうに言った。

「駄目だよ。危ないから」と黎が慌てて言った。

「危なくないよ。だって、黎が守ってくれるでしょう」

「そうだけど……。でも、危ない」

黎はあの混乱の場面を思い出していた。

「変なの。まあ、いいか」

真里亞が微笑んだ。

それから、ハイライトの箱を黎に向けて、「吸う?」と聞いた。

「うん」と黎は答えて、なかの煙草を取り出して咥えた。その煙草に真里亞が火をつけながら、「また、ニュースでやると思うから、見てみたら」と言った。

黎が煙草の煙を吐きながら頷いた。

その夜、黎は自分が闘う姿をニュースで幾度となく見た。

見る度に、自分が多くの人たちの投石によって助けられたことを痛感する。そして、その時の感激が何度も黎の胸を襲い、目頭を熱くした。

黎はテレビを見ながら、人間は不当な権力の前で、沈黙する羊になっては駄目だと強く感じた。

（同じ羊でも、牙と尖った爪を持つ羊を目指さなくてはならない）

黎はそう思い、それこそが権力や権威の不条理を変えていく力になると思った。しかしそれが、ほんとうは思い違いであることに、黎はまだ気づいていなかった。

第三章 祝祭の季節

一

新宿駅での勝利は、黎たちの意識を変革させる歴史的な契機となった。正しいと思うことを主張し、権力や権威の不正、腐敗に対して果敢に闘うことで、社会は変えられる。セクトに入らなくても、自分の意志で闘える。そのことを黎たちは実感し、それを実際に体験した。それは新宿にいた黎たちだけでなく、全国の多くの学生たちにも大きな影響を与えた。

この勝利により、各大学にいる無党派の学生の間で、全共闘の思想が浸透し始める。確実に黎や真里亞を取り巻く状況が変わりつつあった。

そんなある日、真里亞が真剣な目をして、黎に「大事な話がある」と言ってきた。いつもなら二人は、狭い炬燵の一カ所で寄り添うように入っていた。しかし、これは相当重要な話だと感じた黎は、真里亞と向かい合う形で炬燵に入った。

「話は何?」と黎が聞いた。

「うん。実はね、私、大学をやめようかと思うの」

真里亞の発言に黎はそれほど驚かなかった。

逮捕されて以来、真里亜が大学の授業に興味を失っていることは気づいていた。どこかで、大学そのものを憎む気持ちがあって、それも影響していたのかも知れない。

「やめて、どうするの？」

「劇団の研修生になろうかと思うの。ねえ、これを見て」

そう言って、真里亜が一枚のチラシを黎の前に置いた。

そこには「劇団ゼロ研修生募集」と書かれていた。

「劇団ゼロか……。いま人気の前衛劇団だよね」

「うん。私、前から演劇をしたいと言っていたでしょう。それで、大学の演劇史などの講義を選んだのだけど、あの授業なら自分で本を買って読んだ方が、まだましよね」

「それは、よくわかる」

黎が相槌を打った。

「それとね、講義はあくまでも講義だから、演技の実践には繋がらないの。やっぱり、実際の演技指導を受けないと、上手い演技者にはなれないわ。ね、ここを見て」

と言って、真里亜がチラシの応募要項の欄を指で差した。

そこには、「平日は午後二時から六時まで授業。土曜・日曜は場合によって公演の補助」

と書かれていた。

「私ね、電話して確認してみたの。平日はね、午後二時から午後六時までの授業で、その後は何もないみたい。だから、朝からお昼過ぎまでは時間があるの。ほら、〈栄食堂〉で、朝からお昼過ぎまでの、忙しい時間帯のアルバイトを募集していたでしょう。これなら、働きながら演技の勉強ができるわ」

真里亞が言った。

「確かにできるね。それに、〈栄食堂〉は吉祥寺の北口駅前にあるし、劇団ゼロは西荻窪だから、無理せずに通えるね」

「そうでしょう。ただ、土曜、日曜は劇団ゼロの公演のお手伝いをする必要があるみたい。そうなったら、あなたと過ごす時間が減っちゃうわ。それが寂しいかな。でもね、最初は裏方だけど、授業の成績がよければ、端役も貰えるみたい。私、頑張ってみたい」

真里亞の目が輝いていた。

こんなに生き生きとした真里亞を見たのは、久しぶりだった。

「いいと思うよ。僕たちの心はいつも繋がっているから、物理的な時間の多さや少なさは関係ないよ。ほんとうに真里亞がそれを望むのなら、大学をやめて劇団に入った方がいいよ」

「やっぱり。黎ならきっと賛成してくれると思った」

真里亞が嬉しそうに炬燵から出て、いつものように黎の隣に入ろうとした。それを押しとどめて黎は言った。

「お母さんには何と言うの？」

ほんの一瞬、真里亞の表情が曇った。

「お母さんには大学を卒業する時期まで、何も言わないでおこうと思うの。それまでに頑張って、とにかく役者になるわ。そうしたら、お母さんに言おうと思う」

真里亞が真っ直ぐに黎を見て言った。

黎は真里亞の決意の固さをひしひしと感じた。

「わかった。僕もそれがいいと思う。お母さんには心配かけたくないからね。ところで、ここに書かれている入学金はどうする？」

黎が授業料の欄を指差した。

「あっ、それなら、大丈夫」

真里亞の得意な大丈夫がまた始まった。ほんとうは少しも大丈夫ではないことを、もう黎は知っていた。真里亞に全額を出す余裕などないはずだった。

「僕が半分出すよ」

「えっ、いいよ。それは悪いから。これは私の問題だから」

「ちっとも悪くないよ。真里亞の問題は僕の問題でもあるから。僕もいままで真里亞にたくさん助けられてきた。今度は僕の番だよ。僕たちは何でも二人で支え合わないと……」

黎が全部を言い切らないうちに、炬燵を出ていた真里亞が黎に抱きついてきた。そして、小さな声で、「ありがとう」と言った。

その真里亞を黎が優しく両手で抱いた。

二

新宿駅での勝利が大きな成果を生み出すことになる。大学のなかで、セクトとは異なる思想や意識を持つ学生の集団が、ついにその姿を本格的に顕にした。それが、無党派学生の集合体による「全共闘」である。黎が新宿駅で初めて邂逅した集団こそが、その魁となった姿だった。

この全共闘の魁となった大学の出来事は極めて興味深い。いままで、この大学の学生は都内の大学生のなかでも、最も大学側に従順と言われてきた。そのため、一部の人たちから「羊の集団」と陰で揶揄されている。それをいいことに長いこと、この大学では大学教授や理事たちが、不正のし放題だった。ところが、ある大学教授が裏口入学を斡旋し、多額の謝礼金を受領していたことが判明する。そのことで、ついに従順だった学生たちが本気で怒った。そこで、よく調べてみると、大学教授だけでなく、大学そのものにも二十億円を超える使途不明金が見つかる。これを契機にして、無気力の羊だった学生たちが闘う学生集団に変わった。

連日、大学周辺で、大学の改革を求めた学生たちが街頭デモを繰り返した。同時に学生たちは、それを許してきた自分たちの生き方そのものにも疑問を感じる。大学の改革だけでなく、自分の在り方も変えなくてはいけないと思った。羊として生きていては駄目だと気づいたのである。これが、全共闘思想の始まりであった。

この全共闘思想が瞬く間に都内の大学生に浸透し始める。それだけ各大学に問題が多かったと言える。やがて、その思想が多くの大学生に知られることで、無党派の学生たちが一斉に蜂起し、全国の大学へ広がる契機となった。

こうした思想環境のなかで誕生した全共闘が社会や大学、さらには自分自身の変革を求めて行った闘いこそが、あの「全共闘闘争」であった。

その時代から、かなり多くの年月が経過するが、全共闘の魁となったこの大学の行く末だけは、記しておく必要があるだろう。

この大学の全共闘闘争は、大学側が創設した「学生体育連盟」、略称「体連」の暴力組織によって浸食され、終わりを迎えることになる。その暴力組織を主導したのが、当時大学四年生の相撲部のある学生だった。

その学生は全共闘を潰した功績を大学側から称えられ、その後、この大学の理事長となる。大学権力の頂点に君臨したのだ。ところが、長く頂点に座ることで、理事長自らが不正の温床となってしまう。

さらに皮肉なことに、この理事長が育ててきた体連のなかの一スポーツ部が、大きな社会問題を引き起こす。そこから様々な大学の不正が明らかとなり、最終的に理事長を退くことになった。

しかしその時、悲しいかな、この大学の学生たちは、もはや誰も立ちあがることはなかった。あの全共闘思想は欠片も残っていなかった。再び、学生たちは飼い慣らされてしまっていたのだ。

こうした大学の状況はこの大学だけでなく、ほかの大学でもすべて同様だった。すでに多くの学生たちは、たとえ自分の大学の問題を前にしても、自ら闘おうとはしない。彼らにとって、全共闘闘争は思い出すことさえない、忘れ去られた過去の現象であった。

三

十二月初旬、ついに黎の大学にも全共闘が組織された。

だがそれは、黎の考えていた全共闘とは大きくかけ離れていた。既存のセクトに黎たち無党派の学生が飲み込まれる形で、黎の大学の全共闘が誕生したのだ。

こうした形態の全共闘は、当時ほかの大学でもよく見られた。それだけセクトが大学全体に深く根を下ろしていたと言える。

本来、全共闘は無党派の学生による問題提起とその闘いのための組織である。それは既存のセクトの問題意識とは質的に大きく異なっていた。それなのにセクトによって、全共闘が組織的に乗っ取られてしまったのだ。セクトはいままでヘルメットに書いてきた、自分たちのセクト名を「全共闘」という名前に書き換えた。そのため、無党派とセクトの、質的に異なる二つの全共闘が同時に誕生することになってしまった。黎はそれを「双子の全共闘」と呼んだ。

黎にとって全共闘とは、あくまでも無党派層から構成された闘う学生集団でなければならなかった。しかし、多くの大学で無党派とセクトの「双子の全共闘」が一体となって行動した。それは黎の大学でも同じであった。そのため、それらが一つの組織による反政府、反権力闘争であると、社会から誤認されることになる。また、多くのマスコミがその間違いを浸透させた。そのことは全共闘闘争にとって大きな悲劇であった。それが、極めて大きな歴史的誤謬を生み出す要因になった。

黎たち無党派の全共闘は、基本的に「一人一派」である。その理念の中心には、「独りで立ち、共に撃つ」という思いが息づいていた。こうした覚悟や意識こそが、全共闘の持つ特質である。たとえ共に隊列を組み、隣り合わせで闘っていても、お互いの思想や価値観は微妙に異なった。全共闘として街頭で闘っていた全員が、わずかながら異なる思想を持って、共に闘っていた。その異なる思想が互いに交差し、共通する部分でのみ共闘していたと言える。それこそが、全共闘思想の本質を反映した姿だった。

それだけではない。全共闘は非常に複雑な組織構造を持っていた。そのため、外見的な行動だけでは、全共闘を把握できなかった。

たとえば、全共闘は街頭で闘っていた学生だけで、構成されてはいない。様々な理由から街頭での闘争には参加できないが、同じ問題意識を持って生きている学生たちもまた、全共闘であった。観念のなかや心のなかに同じような問題意識を抱え、そのことで苦しみ、葛藤しているすべての学生が全共闘と言えた。

こうした学生たちに違いがあるとしたら、街頭で物理的に闘ったのか、個人の観念や胸中で闘ったのか。その違いでしかなかった。全共闘と呼ばれた学生の一人ひとりは、みんな思想的にも、行動的にも、異なる主体性を持った存在だったのだ。その主体性を互いに認め合い、尊重し合うことが、無党派全共闘の優れた特徴であった。

さらに言えば、こうした黎の全共闘に関する考えは、黎だけのものであり、すべての全共闘に共通する思想ではなかった。当然のように、黎の思想を否定する見解も、ほかの個人のなかには存在していた。この思想の多様性こそが、全共闘の真の本質的部分と言える。

そこが、一つの革命思想と、それに基づく一つの組織のなかで行動していたセクトと、最も本質的に異なる部分であった。おそらくこの複雑さが、全共闘に対する社会認識の間違いに、拍車をかけていたと考えられる。

ただ、確固たる組織や組織の理論を持たなかった全共闘が、闘いを進めるうえで、セクトの組織力を利用して闘争を展開してきたことも事実である。全共闘側もセクトを利用していたのである。そのため一層、両者の活動は同一のものとして社会に捉えられてしまった。社会はその誤解に気づいていなかった。いや、それどころか、一体化して捉えることで、全共闘を偏見に満ちた大枠に嵌め込もうとした。多くの知識人や文化人、マスコミにとって、その方が全共闘の行動を把握しやすく、分類しやすかったためである。だが、彼らが掴んだのは全共闘の虚像でしかなかった。

その結果、全共闘もセクトも、その暴力的側面だけが特に取りあげられ、反社会的な暴力学生集団として、社会に印象付けられることになった。

確かに、激しい街頭闘争を行ってきた全共闘が、自分たちの理想を実現するため、言論だけでなく暴力を用いたことは事実である。その部分だけを切り取ってみれば、全共闘が反社会的な暴力学生という範疇で括られても、反論はできない。暴力という側面からだけで捉えれば、全共闘もセクトも同質であった。

黎はこの社会的誤謬に満ちた、全共闘闘争の渦に自らの意志で飛び込み、その闘いの一端を担うことになる。のちに黎は、無党派全共闘のなかでも、さらに過激な集団として「ノンセクト・ラジカル」と呼ばれ、社会から忌み嫌われることになった。

しかし、黎は自分が行使してきた暴力に関して、いまは釈明や弁解をするつもりはない。街頭において、全共闘はセクトと一体化し、権力や権威に対して間違いなく暴力を振るってきた。ただ、そこには、たとえ暴力を用いても、達成しなければならない理想や正義が存在していると信じていたからだ。腐敗した権力や権威の圧倒的な暴力や弾圧と闘うということは、こちら側も暴力の実行を辞さないという覚悟が必要だった。それは成熟した民主主義に到るための、その過渡期における現象の一つだと黎は考えていた。

こうして黎たち無党派の全共闘は、厳しい闘いを闘い抜くために、セクトの全共闘と妥協した。自分の大学の問題を解消し、その裏側に息づく腐敗した権威や権力と闘うために、自分たちの内部にセクトを受け入れた。そして、この極めて曖昧な形態のなかで、黎は一人の全共闘として、街頭闘争へと駆け出していった。

のちになって気づくのだが、その曖昧さこそが全共闘闘争に暗くて深い影を落としていたのだ。組織嫌いの黎はそのことに気づいていたにもかかわらず、自らが目を瞑り、考えないように頭の隅へと押しやった。

ただ、黎の観念のなかでは、両者の区別がきちんとなされていた。黎にとって全共闘とは無党派層だけの集合体のことである。セクトによる全共闘は黎にとって全共闘ではなかった。それはセクトの別の組織名に過ぎない。だから、黎が「全共闘」と表現する時は、無党派層の集合体である全共闘を意味している。それでも時々、「無党派全共闘」と改めて言う必要が生まれた。さもないと誤解を招く状況に陥ることが多かったのである。

こうした矛盾を抱えたまま動き始めた黎の全共闘闘争であったが、黎にとって忘れられない感動もあった。それは、黎たち大学の全共闘が設立され、初めて街頭デモを行った時のことである。

デモ隊の先頭が御茶ノ水駅の聖橋から出発し、隣の水道橋駅に着いた時、一番後ろの全共闘はまだ聖橋に残ったままだった。

内堀通りを埋め尽くした数多くの全共闘の姿を、振り返って見た時、その壮観さに黎の心は激しく震えた。これだけ多くの共に闘う仲間がいることに、黎は心から深い喜びを感じた。

（ああ、真里亞にもこの様子を見せてあげたかった）

胸を震わす感激のなかで、黎はそう強く思った。

四

全共闘を立ちあげた黎たちは、幾度となく大学側と大衆団交を重ねた。しかし、黎たちが提案した大学の改革案は悉く大学側に拒否され、ついに話し合いそのものが決裂した。やむを得ず、黎たちは大学をバリケードで封鎖し、ストライキへ突入する。こうして、黎の闘いの日々が始まった。

最初の数週間、黎たち全共闘は、大学から依頼を受けて現れた機動隊と、東門前で激しく衝突した。そのたびに、歩道にいた学生や市民たちから投石の援護を受け、黎たちは機動隊を退けることができた。

また、ある時は、逆に黎たちが大学から街頭へ向けて無届デモを行い、車道で激しくジグザグデモやフランスデモを行った。

黎はこのフランスデモが好きだった。仲間たちと両手を繋いで車道いっぱいに広がり、労働歌を唄いながら行進する時の解放感と連帯感。それが何よりも黎の心を高揚させた。

そこで唄われた労働歌は闘いを鼓舞する闘争歌でありながら、そのメロディは悲しい。闘いの勝利を求める歌詞にも、どことなく敗北を予感させるような儚さの響きがあった。黎の心はこの歌に深く魅了され、その儚さに酔い痴れた。

黎たちの闘いはそれだけでなかった。やがて、卑怯な権力者や権威者たちが社会に対して巧妙な嘘をついて、全共闘に牙を剥く。

深夜になると黎の大学でも、大学側に命じられた体連の組織が姿を現し、バリケードを破ろうとした。剣道、柔道、空手、相撲、レスリング。あらゆる格闘技系の体連の組織が最高の装備を身につけ、太い頑丈な樫の棒を手にして、貧弱な服を纏った全共闘を襲う。

黎たちは夜を徹して彼らと闘い、疲れた朝を迎える。すると、大学側がすべての学生たちに向かって、「暴力ではなく、話し合いで問題を解決しよう。大学はそれを求めている」と、何食わぬ顔で呼びかけるのであった。

黎たちは狡猾な大学の本質を知り、そのことに心から失望して、許せない怒りを覚えた。そのため、全共闘と卑怯な大人たちとの乖離はどんどん広がり、修復することが困難になっていった。

そうした日々のなかで、昼間には暴力を否定し、「平和と民主主義」という心地よいスローガンを語っていた某政党がある。ところが深夜になると、その政党の下部組織である学生組織が労働者たちと共に隊列を組み、その姿を一変させる。

一見優しげな昼の顔を脱ぎ捨てて、黄色いヘルメットをかぶり、全共闘を暴力で殲滅させようと襲ってくる。知識人や文化人、マスコミなど、誰もが寝ている時間帯を狙って襲撃してくるため、その正体が社会のなかで明らかにされることはない。その政党が持つ〝一党独裁〟という思想的誤謬よりも、その人間的な卑劣さを黎は激しく嫌悪した。

こうした、スト破りや機動隊の突入が休みなく続いたため、黎はバリケードのなかに泊まり込むことが多くなった。それには、黎が吉祥寺のアパートに帰っても、真里亞が劇団に行っていて家にいないという寂しさも、少なからず影響を及ぼしていた。

五

十二月中旬の早朝。

「敵襲！　敵襲！」という大声に黎は起こされた。

いつものように愛用のゲバ棒を手にして、黎は声のする方へ向かった。黎はそこで怯えたように立ち竦んでいる、数人の全共闘の仲間を見た。

黎の視線の先には坊主頭の厳つい男たちが三人、白鞘の日本刀を手にしてバリケードを壊そうとしていた。

「本物だ」と、黎の隣にいた仲間が震えるような声で言った。

黎は黙って頷くと、ゲバ棒を体の正面に構え直し、男たちの方へ向かった。すると、三人のなかでも一番体格のよい一人の男が進み出て、黎の前に立ち塞がった。

「何だ、やるのか！」

男はそう言いながら、素早く白鞘から真剣を抜き、上段に構えると無言でいきなり黎に向かって斬りつけてきた。それはいかにも手慣れた動きだった。

黎がそれをゲバ棒の先で受け止める。激しい衝撃音がし、ゲバ棒の一部が削り取られた。真剣がそのままゲバ棒を滑るように、黎の手元にまで落ちてきて、黎の右手の人差し指を深く斬った。

血が勢いよく宙に舞う。

黎は斬られた右手の人差し指を左手で押さえながら、くの字に曲げた右手の肘で男の顎を激しく殴打した。

男がよろめき、驚いたように黎の顔を見る。

その時、セクトの集団が鉄パイプと火炎瓶を手にして、こちらへ駆け寄ってきた。それを見た男たちは慌てて道路へ引き返し、停めてあった黒塗りの自動車に乗って、急いで走り去って行った。

黎はほっとして自分の右手を見ると、噴き出している血のなかに人差し指の白い骨が見えた。

「誰か、ガムテープを持ってきてくれ」

黎がそう言うと、「ガムテープをどうするんだ?」と仲間が答えた。

「指にそれを巻いて、血を止める」

「バカなことを言うな。病院へ行かなくちゃ駄目だ」

仲間がそう怒鳴った。

「どこの病院へ行くというんだ」

黎の返事に仲間たちが顔を見合わせる。

怪我をした全共闘を受け入れてくれる病院など、この街のどこにもなかった。治療はしてもらえるだろうが、その後に通報され、警察に逮捕されてしまうのは明らかだった。

「指が壊死したらどうするんだ！」

仲間が再び怒鳴った。

「その時は指を切り落とす」と黎が答えた。

その黎の一言に、みんなが沈黙した。

仲間の誰かだろう、ガムテープを探しに走り去る足音が、黎の耳に聞こえた。

六

暴力団との衝突の一週間後、黎の姿は仲間と共に校舎のなかにあった。黎の右手には白い包帯が巻かれている。あの後、隣にある大学の、医学部の全共闘が手当をしてくれたのである。おかげで、黎は指を切り落とさずに済んだ。

黎たちが仲間と談笑していた時である、一人の仲間が慌てた様子で黎たちの許へ走ってきた。

「大変だ！　大変だ！」

仲間が息を切らしながら叫んだ。

「どうした？」と黎は聞いた。

「セクトが暴走している」

「暴走？　セクトがどうかしたのか？」

「いいから。中庭に来てくれればわかる」

黎たちは彼に促されて校舎から中庭へ走って向かった。

中庭のステージの上で、二人の大人が両膝をつき、セクトのヘルメットをかぶらされ、用意された自己批判文を読まされている。その背後には、セクトの全共闘の幹部が数人立ち並んでいた。ステージ下には学生たちがひしめき合い、二人に対して口々に罵声を浴びせている。

ステージに近づいた黎は、膝をついている二人が誰なのか、初めてそれに気づいた。

一人は文学部部長になった、あの言語学の教授である。もう一人は大学学生部のトップ、学生部長であった。学生部長の足下には黒縁の眼鏡が落ちている。跪かされた時に落ちたのかも知れない。ステージを見あげている、中庭を埋めた多くの学生たちが、二人に対して怒鳴り声をあげていた。

これは間違いなく、紅衛兵の悪しき模倣である。

だが、全共闘闘争は、大学教授や大学職員の人間性を辱めるために闘っているのではない。たとえ、その相手が大学側の腐敗の象徴者や学生弾圧の責任者であっても、それを個人攻撃するのは間違っていた。

そのあまりにも醜悪な行動に黎は怒りが湧いた。

(見苦しくて、見るに堪えない)

黎はそう思い、ステージに上がると、二人を最も責めているセクトの学生に近づいた。

「僕たちは、人間を侮辱するために闘っているのではない。やめろ！　もう充分だろう。二人を解放しろ！」

と黎が語気を強めて、セクトの学生に向かって言った。

言われた学生が黎を見て激高した。

「何だ、お前は！　プチブルか！」

セクトの学生がそう怒鳴りながら、黎に殴りかかろうとした。それを背後から一人の学生が止めた。

殴りかかってきたセクトの学生が後ろを振り返り、「副議長、どうして？」と驚きの声を発した。

学生を止めたのは、セクトのナンバー・スリーで、黎たち大学の全共闘副議長だった。

「お前、誰を相手にしているのか、わかっているのか」と副議長がその学生に向かって言った。

「いいえ、知りませんけど……」

セクトの学生が怪訝そうな顔をする。

「彼が文闘委の黎だ」

そう言って、副議長が黎の右手をちらりと見た。

「ええっ……」

セクトの学生が驚いたように黎を見て、黎の右手の包帯を確認すると、怯えた表情で後ずさりした。

副議長が口にした「文闘委」とは、「文学部闘争委員会」の略称で、黎たち無党派の学生が立ちあげた全共闘組織である。セクトの全共闘組織とは、理念も行動も異なっており、個人の意志に対して何の強制力も持たない組織であった。もちろん、内部での階級もない。

大学の内外で、文闘委は街頭闘争に極めて強い武闘派の組織として知られていた。そのなかでも、特に黎は暴力団に一人で立ち向かった男として、全共闘やセクトの間で広く知られている。

（人の虚名というものは、いつも本質ではない部分で決まっていく）

黎はそう思い、自分に対する評判に少し気分を害していた。

苦虫を噛みつぶしたような顔で副議長が、「集会はこれで終わりだ」と言い、その場にいたセクトの学生たちに二人を解放するよう指示を出した。

それを聞いた文学部部長はヘルメットをかぶったまま、転げるようにステージから逃げ去った。だが、学生部長は少し違っていた。かぶっていたヘルメットを手荒に脱ぎ捨て、足下に落ちていた眼鏡を拾い、それをかけ直した。それからほんの数秒間、黎をチラリと見て、無言で消えて行った。

二人が去ったステージを見あげていた多くの学生たちも、一斉に中庭から帰り始めた。

黎の心の奥にいつまでも後味の悪さが残り、空を見上げて唾を飲み込んだ。

七

冬休みに入り、真里亜が故郷へ里帰りした。黎はいろいろ熟考したが、東京に残り、バリケードのなかで過ごすことにした。ただ、母親が寂しがるのではないかと案じた。だが、黎の母親は「仕事仲間と湯治に行くから帰ってこなくていいよ」と黎に言った。それがほんとうのことなのかどうか、黎には確かめる勇気がなかった。そのまま母親の言葉を信じて、甘えることにした。

黎は終日、バリケードのなかで敵対勢力の襲撃に備えながら、ノートに短編小説を書き続けた。

（表現することだけが自分の存在を明らかにする）

そう思い、黎は必死で言葉を紡ぐ日々を送った。

また違う日には、バリケードのなかで、ほかの全共闘の仲間と終日、語り合った。

全共闘闘争とは何なのか。

我々は何を目指すのか。

いつもそれらが主なテーマとなった。

最初、全共闘闘争は大学への変革行動から始まった。それが、自己の変革行動に深化し、さらには社会の変革行動へと広がっていった。

黎たちはそれを「小状況から大状況への関わり」とか、「大学解体・自己解体」などと表現したが、そのことが社会には正しく伝わらなかった。

本来、学問や思想は豊かな人間性や社会性を創り出すものである。その学問を研鑽する場こそが大学だった。しかし、実際の大学にはそうした学問は存在せず、国家や産業界の権力などと癒着した権威主義者、拝金主義者たちが跋扈する世界だった。

そのなかにあって、黎たちは大学とは何のために存在するのか、黎たちが学ばなければならない学問とは何なのか、それらを問い続けた。また、その学問は人間が生きていくことと、どのように関係しているのか。さらには人間とは何か、なぜ生きるのか。

黎たちはそれらを追求し、同時に大学側にもそれに答えてくれる場を提供するように求めた。ところが、大学側が黎たちに与えた回答とは、機動隊の導入やほかの組織による暴力的弾圧だった。黎たちはそれに反発した。また、そのことを許している社会や国家という組織に違和感を抱いた。

黎たちにとって国家や社会はどうあるべきなのか。黎たちは次第にそのことを考えるようになっていった。それが、ごく身近な問題から始まった全共闘闘争が、政治的活動へと結びついていく背景となった。

もちろん、これは改めて言うまでもなく、無党派全共闘としての黎個人の考え方である。

黎の隣で語り合っている仲間たちはみな、黎とは微妙に異なる意見を持っていた。だからこそ、黎たちはいつもお互いにそれを論じ合い、少しでも正しい方向をみんなで模索し合った。

黎にとって何よりも嬉しかったのは、こうした無党派の全共闘には書記長や委員長という、ヒエラルキーの概念が存在していなかったことである。それらの階級はすべてセクトが定めたものだった。ほんとうの意味での自由と平等が、無党派全共闘には存在していた。

黎たちの全共闘はどのような判断も、すべて個人の主体性によって決断していた。街頭闘争も同じだった。自分が必要と思った闘争にだけ参加すればよく、組織による強制力がなかった。それが全共闘のほんとうの闘い方であると黎は信じていた。

こうして、全共闘は絶えず真実を追い求め続けた。ただ、外側から見るとそれだけではなかったようだ。言われてみて気づいたのだが、全共闘には祝祭的な部分も存在していた。みんなで集まって闘えば、何とか問題を解決できるだろう。そういう楽観論やある種の祭儀的な興奮を共有する部分もあったことは否定できない。

もっとも、だからこそ、全共闘はセクトのような革命思想に染まらなかった。階級闘争や革命という思想に対して、極めて冷静に客観視できたのだ。そのことが、個人の観念と組織との相克を抱えている黎には、とても居心地がよかった。

党派の思想に影響されない無党派の全共闘闘争は、人間の内在的な問題に深く目をやり、それと正面から向き合うことができる。それが黎にはたまらなく嬉しかった。

八

年が明けた。

冬休みが終わった真里亞から、アパートへ帰ってきたと連絡をもらった。黎は無性に真里亞と会いたくて、バリケードの外へ出て、吉祥寺へと向かった。

アパートのドアを開けると、炬燵に入っていた真里亞と目が合った。真里亞がいることに黎は喜びと同時に幸せを感じた。

「お帰り」と真里亞が言い、黎が「ただいま」と答えると、真里亞が笑顔を見せた。

それから、少し意地悪な目をして、黎に聞いてきた。

「ねえ、書いている?」

その質問を黎は予想していた。

「うん、書いている。読む？」

黎はノートを取り出して、それを真里亞に渡した。

真里亞がそのノートを嬉しそうに斜め読みする。

「すごく書いているね」

「うん、短編ばかりだけどね。いずれ、それを一つの作品に纏めようと思っている」

「うん、うん。楽しみだね。纏まったら読ませてね」

真里亞の声が弾んでいた。

「真里亞の方は大丈夫だった？」と黎が聞いた。

「何が？」

「お母さんに大学を辞めたことを気づかれなかった？」

「うん、それは大丈夫。ただ、妹が鋭いの」

「何かあったの？」

「私を見て、『あれ、お姉ちゃん、どこか変わったね』なんて言うの。だから、大人になったのよ、と答えておいた」

話しながら真里亞が笑った。

その笑顔が黎には眩しかった。

「僕がバリケードに泊まっていたせいで働けなくて、お金の方は大丈夫？」

黎がかねてから最も気にしていたことを口にした。

「うん、大丈夫」と真里亞がいつものように答えた。

「ほんとうに？」

「ほんとうだよ。大丈夫」

真里亞の返事に黎の心が少し痛くなった。

（きっと苦労しているのに違いない。僕も働かなくては……）

黎はそう思った。

「劇団の方はどう？　上手くいっている？」

黎が話題を変えた。

すると、真里亞がほんの少し苦い笑いを顔に浮かべ、首を小さく横に振った。

「踊りの授業が難しいの」

「あれ？　真里亞は踊りが得意じゃないの？」

「ううん、あれじゃ駄目なの。私には基礎がないから……。子供の頃からバレエなんか習ってきた人たちと比べると、私は全然、上手く踊れていないの」

真里亜が悲しい顔を見せた。

真里亜の暮らしには習い事などする余裕がなかった。そのことは黎もわかっていたはずだ。それなのに、つまらない質問をして、真里亜を悲しませた自分が許せなかった。

「煙草、吸う？」とハイライトの箱を取り出して、真里亜に聞いた。

「うん」

真里亜がハイライトの箱から煙草を一本取り出し、それを咥えた。黎がマッチで火をつけると、真里亜が煙草を深く吸ってから、ゆっくりと煙を吐いた。

「ねえ、人はなぜ表現をするのかしら？」と真里亜が黎に聞いた。

「たぶんだけど、自分の存在を証明したいのかな」

「じゃあ、その表現を公表するのはどうしてなの？　表現する行為そのものが自分の存在証明だったら、誰にも見せなくてよいと思わない？」

「おそらく、自分の表現内容やその質的な評価を他人に求めているのだろうね。どんな人間にも承認欲求があるというから」と黎は答えた。

黎にとっても、人間はなぜ表現活動をするのか、何を表現することが求められているのか。それがいつも問題だった。

黎は言葉による言語表現であったが、真里亞は演劇という方法で表現している。人間の表現には、ほかにも歌、踊り、絵、写真などもある。スポーツだって、人間の表現活動の一つに違いない。

表現活動が人間の内在的な欲求から生まれることは理解できる。その欲求が人間の観念のなかで創られ、表現行動に変わる。だが、果たして自分の観念だけの問題で済むのだろうか。黎たちは社会的にも生きている。だとすれば、そこで発生する問題を、表現のなかに取り込む必要があるのではないだろうか。もし、あるとすれば、どのような表現方法を用いればよいのだろうか。

黎の悩みは尽きなかった。

黎と真里亞はいつものように、表現とは何かということに関して、お互いに語り合い始めた。

いまの黎たちには、まだ結論の出せない話題であったが、二人の会話は延々と続いた。それは、二人にとって、何ものにも代え難い至福の時間だった。

真里亞と話しながら、黎はいつもと変わらない日常が戻ってきたことを心から喜んだ。

九

新年に入り、全共闘闘争が大きく変貌しようとしていた。その契機となったのが安田講堂での闘争だった。

安田講堂は黎たち全共闘だけでなく、セクトにとっても抵抗の象徴であった。全共闘、全学連を問わず、学生のすべての闘争組織が安田講堂前に結集し、激しいデモを連日繰り返した。その数は四千人を超えていた。

安田講堂前では、全共闘や各セクト別に複数の集会が開かれた。しかし、その講堂は黎たち学生だけでなく、大学機構や権力、権威側にとっても、彼らの特権を象徴する場所であった。

彼らにとって長い期間、この講堂を全共闘たちに占拠させておくことは許されなかった。そこで、当時の首相自らがその収拾に乗りだした。首相の考えは力をもって、全共闘を鎮圧することだった。

その頃、安田講堂では全共闘、全学連の各セクト、それらに反対する政党の学生組織など、合わせて一万四千人以上の学生が自らの正しさを懸けて、互いに睨み合っていた。

そのなかで、あるセクトが強硬に主導権を握ろうとして、ほかの学生たちを恫喝し始めた。このセクトは過激な武力闘争を好む組織で、構成員の数もほかのセクトと比べて非常に多かった。

黎はこのセクトが大嫌いだった。このセクトは革命を達成するために、自らの組織を温存することを最優先にしていた。組織の思想や規範を一番大切にしているセクトである。組織を構成する人間は歯車の一つでしかない、という考え方がこのセクトには充満していた。

そのため、個人の観念の主体性を重視する黎とは、水と油の関係であった。そのセクトが主導権を握ったことに腹を立てた黎は、安田講堂から一旦退き、その大学の外へ出ることにした。

この年の十二月末、黎は安田講堂を離れた。

十

一月の中旬、安田講堂に機動隊が導入された。

その前日の深夜、多くの全共闘やセクトの学生たちが安田講堂を退去した。彼らはその退去の理由として、組織を温存し、次の闘いに備えるためだと主張した。その判断に対して、黎は強い疑問を感じる。しかしその時、その場にいなかった黎は、そのことへの批判を控えた。

多くの学生たちが退去した安田講堂には、六百人強の全共闘やセクトの学生が残った。そこへ八千五百人の機動隊が殺到し、日本の歴史に残る激しい攻防戦を開始する。

その攻防戦はマスコミによってテレビ中継され、全国の家庭の注目を集めた。だが、なぜ学生たちが反乱を起こしたのか。その深層を明確に語るメディアは存在していなかった。マスコミや文化人、知識人たちは、ただその事象の表層を剥ぎ取って、視聴者に見せただけである。それは虚構のテレビドラマと何ら変わらない。視聴者たちは反乱の本質を知ることがなかった。

そんななか、黎の最も熱い二日間が始まろうとしていた。

安田講堂に立て籠もった全共闘を援護するため、黎たちは御茶ノ水駅の聖橋に集合した。この時から、聖橋は黎の心のなかで特別な場所となった。のちの話になるが、黎たちは聖橋を起点として集結し、幾度となく機動隊と衝突することになる。

安田講堂での闘争支援のために、聖橋に集まった無党派全共闘はおよそ八百人。この時点で集められる最大の動員数だった。黎たちは複数の交番を襲撃しながら前進し、本郷通りで二千人の機動隊と正面から衝突した。

最初に第八機動隊が姿を現し、その後ろから第四機動隊、第三機動隊が出てきた。多勢に無勢。

全共闘は数多くの機動隊に囲まれ、前に進むことができない。黎たちは機動隊へ幾度となく体当たりを繰り返した。

黎は逮捕されないように左腕を隣の学生としっかり組んだ。

大盾で襲ってくる機動隊員に対して、黎は右手だけで激しく殴り合う。

黎の右の拳は皮膚が破れ散り、血で真っ赤に塗れた。

(逮捕されるのは時間の問題だな)

黎はそう思った。

しかし、全共闘の行動を歩道で見ていた学生、市民たち約三千人が「ヨーシ！　ヨーシ！」と、みんなで共にかけ声をあげ、歩道から激しい投石を始めた。

彼らはみんなで歩道の敷石を剥がし、それを砕いて小石にすると、切れ目なく機動隊へ向かって投げ続けた。

この支援を受けて、黎たちはなんとか機動隊を排除することができる。だが、黎たちの闘いはここまでだった。全員が疲れ果てて、これ以上前進することができなかった。

黎たちが部隊をまとめて帰ろうとした時、歩道で、「よく闘った！　よくやった！」という声がして、それから大きな拍手が沸き起こった。全共闘の奮闘に対する市民からの温かい声援だった。それが黎たちの胸を熱くし、黎に拳の痛さを忘れさせた。

「明日だ、明日だ」と黎たちは互いにそう言い合いながら、その場を去った。

十一

翌日の早朝の聖橋。

黎たちは各セクトの学生たちと合流し、その数が二千人に膨れあがった。前日の激しい闘いが、学生や市民の間で大きな話題となったことが影響している。

全共闘が本気で闘うと、セクトたちよりも凄い。

そういう噂が広がり、各セクトも全共闘の行動を無視することができなくなった。

安田講堂支援の二日目が始まる。

全共闘とセクトの合体した部隊が、聖橋からいよいよ安田講堂へ向かって本格的な進撃を開始した。途中、学生街に幾つかのバリケードを築き、セクトごとの精鋭部隊を残しながら、黎たちは街を突き抜けた。振り返ると、各バリケードではセクトの精鋭たちが激しく機動隊と闘っていた。

黎たち本隊は安田講堂へと繋がる本郷二丁目まで進み、そこで機動隊三千人と昨日同様に衝突した。ところが、前日と異なり、黎たちは圧倒的な機動隊の武力と連携によって、呆気なく粉砕されてしまう。

まず、前方にいたセクトの隊列が崩れ、それに引きずられて全共闘の隊列が崩壊した。

(やはり、連合部隊は弱い)

黎はそう思いながら、それでも前日同様、必死で闘った。

黎の拳は再び血に塗れる。黎だけではない。黎の隣で闘っていた仲間の拳も血で濡れていた。

黎たちは椅子や机、敷石などを使って路上にバリケードを築き、必死に抵抗を続けた。そんな黎たちを守るため、およそ一万人近い学生や市民たちが機動隊を取り囲み、投石を始めた。それによって、黎たちは再び逮捕されることを逃れたが、黎たちは闘いそのものに敗れて、みんなバラバラになってしまう。

こうして、黎たちの闘いは終わった。この二日間の闘争は、黎が覚えているなかでも、最も激しい闘いの一つであった。


その頃、安田講堂前では八千五百人の機動隊によって、講堂に籠っていた全共闘やセクトの学生の排除が開始された。全共闘たちは火炎瓶で徹底的に応戦したが、やはり勝てなかった。

機動隊は二日間で、延べ一万発以上の催涙弾を全共闘たちに向かって撃ち続けた。また、空からはヘリコプターで、地上からは放水車で有毒な催涙液を放水する。その結果、立て籠もったすべての学生が逮捕されて、闘争は終わりを迎えた。

十二

（機動隊がいままでと何かが違う）

本郷での闘いで黎はそう感じた。

確かに装備が改善され、以前よりも頑強になっていた。しかし、それだけではない。何か表現し難い恐怖感を機動隊に対して覚えた。それは不気味さに似た感覚で、泡立つような皮膚感覚を伴って、黎を襲った。のちに、驚愕のなかで、その正体が明かされることになる。しかし黎にとって、いまはまだ漠然とした恐怖の感覚でしかなかった。

ただ、全共闘闘争そのものは、安田講堂で敗れることで、炎が燃え広がるように全国へと広がった。全国各地の大学で続々と全共闘が結成され、日本の大学全体の約七割以上を占める百五十五校に全共闘が誕生した。

本郷での闘いから一週間後、黎の大学の二号館に機動隊が突入した。安田講堂での闘いに対する警察の強制捜査であった。黎たち全共闘は大学の中庭を守るため、東門に結集して構えていたが、機動隊がなかに入ってくることはなかった。ただ、二号館ではセクトの学生が激しく抵抗し、三十名近い逮捕者を出した。

丁度、この時期が全共闘闘争における絶頂期だったと言える。そして同時に、崩壊という文字が、全共闘の基礎部分から浸食し始めた時であった。そのことにほとんどの学生はまだ気づいていない。当然、黎もそれに気づかなかった。

黎たち全共闘はいま始まったばかりの闘争に、これからの夢と期待を懸けていた。そのため、始まりが終わりの開始になるとは、誰も考えていなかった。

第四章　崩壊の季節

一

二月に入り、安田講堂の敗北によって逆に、全共闘闘争に目覚める学生たちが多くなった。

黎の大学でも男女を問わず、多くの学生たちが全共闘に参加するようになる。大学の周辺やバリケードに囲まれた大学の中庭は、全共闘と書かれたヘルメットをかぶった、初々しい学生たちの姿で溢れた。

そのなかで、全共闘と大学側は協議し、大学入学試験のため一時的にバリケードを解くことが合意された。黎たちにとって、受験生たちの入学の志望と機会を阻止することが目的ではなかった。黎たちは手際よくバリケードを片付け、大学を解放した。

その結果、黎はバリケードのなかに泊まり込む必要がなくなった。そこで、黎は吉祥寺のアパートに戻り、昼から夕方にかけてレストランの厨房で皿洗いのアルバイトをし、真里亞が劇団から帰ってくるのを待つ日々を過ごした。

その期間はわずか一ヶ月間だったが、二人にとって最も穏やかに暮らした唯一の時間であった。二人で夕食を食べ、一緒に銭湯へ行く日々を心から楽しんだ。

三月になっても、黎の大学はまだ受験生のために開放されたままだった。この期間中の黎たちは、各大学の全共闘を支援するため、ゲバ棒を持って都内を走り回った。

様々な大学では全共闘が体連側の攻撃を受け、バリケードの維持に苦しんでいた。そこで、闘争の経験が豊かな黎たちの協力を求めたのである。

全共闘はもともとセクショナリズムの意識が希薄であった。全共闘全員が、大学という名の一つの組織に所属していると考えている。そのため、お互いが支援し合い、助け合って闘ってきた。その象徴が安田講堂での闘争であった。

安田講堂での闘争の後、一部の知識人や文化人が安田講堂にはほかの大学の全共闘が多くいたと批判した。しかし、全共闘闘争は個別の大学の問題を解決するための闘いではなかった。大学という存在そのものへの改革を求める闘いである。その闘いの場に特定の大学への意識を主張する正当性など何もなかった。そうした批判を行った人たちは全共闘闘争の本質を理解できない人々だった。そして、彼らもまた自分自身の存在の意味を求められていることに、気づいていない大人たちだった。

四月初旬に入り、黎たち全共闘は再び自分の大学をバリケード封鎖する。全共闘の闘いはこれからが本番であった。

二

四月下旬の夕方。

黎たちは首都の中心的な繁華街である銀座で、機動隊と対峙していた。

新宿駅での勝利の影響を受け、全共闘の街頭闘争に参加する各大学の学生たちが急激に増加した。いままで、街頭闘争を経験したことがなかった、様々な大学の学生や女子大生たちが大量に参加していた。なぜか彼らの間には、自分たちは決して負けない、決して逮捕されないという、奇妙な安心感が漂っている。その根拠のない感覚に対して、黎は一抹の不安を覚えた。

そうした楽天的とも言えるデモ参加者の前に、いきなり機動隊が現れた。黎たちゲバ棒部隊はすぐさま先頭に集結し、新たな全共闘たちを守るように機動隊と睨み合った。

その時である。

突然、機動隊が禁止されていた催涙弾の水平撃ちを始める。

誰もが予想できなかったその攻撃に、多くの学生たちが驚き、全共闘の隊列が大きく乱れた。

郵 便 は が き

料金受取人払郵便

新宿局承認

2524

差出有効期間
2025年3月
31日まで
（切手不要）

1 6 0-8 7 9 1

1 4 1

東京都新宿区新宿1－10－1

（株）文芸社

愛読者カード係 行

ふりがな お名前		明治　大正 昭和　平成　　年生	歳
ふりがな ご住所	□□□-□□□□	性別 男・女	
お電話 番　号	（書籍ご注文の際に必要です）	ご職業	
E-mail			
ご購読雑誌（複数可）		ご購読新聞	新聞

最近読んでおもしろかった本や今後、とりあげてほしいテーマをお教えください。

ご自分の研究成果や経験、お考え等を出版してみたいというお気持ちはありますか。

ある　　ない　　内容・テーマ（　　　　　　　　　　　　　　　　）

現在完成した作品をお持ちですか。

ある　　ない　　ジャンル・原稿量（　　　　　　　　　　　　　　　　）

書 名				
お買上書 店	都道府県	市区郡	書店名	書店
			ご購入日	年　月　日

本書をどこでお知りになりましたか?

1.書店店頭　2.知人にすすめられて　3.インターネット(サイト名　　)

4.DMハガキ　5.広告、記事を見て(新聞、雑誌名　　)

上の質問に関連して、ご購入の決め手となったのは?

1.タイトル　2.著者　3.内容　4.カバーデザイン　5.帯

その他ご自由にお書きください。

(　　)

本書についてのご意見、ご感想をお聞かせください。

①内容について

②カバー、タイトル、帯について

弊社Webサイトからもご意見、ご感想をお寄せいただけます。

ご協力ありがとうございました。

※お寄せいただいたご意見、ご感想は新聞広告等で匿名にて使わせていただくことがあります。

※お客様の個人情報は、小社からの連絡のみに使用します。社外に提供することは一切ありません。

■書籍のご注文は、お近くの書店または、ブックサービス(0120-29-9625)、セブンネットショッピング(http://7net.omni7.jp/)にお申し込み下さい。

黎の驚愕はそれで終わらなかった。

デモ隊の背後にも機動隊がいきなり出現した。しかも、前方と同じように催涙弾の水平撃ちを始めた。

黎たちは挟撃されたのである。

誰も想像さえしていなかった、機動隊の違法な連続攻撃に、全共闘は大混乱に陥った。ほとんどの参加者が、いままで精強な機動隊と闘ったことなどなかった。新たに参加した全共闘の学生たちが慌ててヘルメットを脱ぎ捨てる。それから一斉に銀座の歩道へ殺到し、逃げようとした。

そこでまた、信じられない出来事が起こった。

機動隊が歩道に逃げた学生たちを襲ったのである。いままで歩道は互いに認知し合っている避難場であり、そこでの逮捕などあり得なかった。それが一瞬で覆されてしまった。機動隊員が手にした大盾で男女構わずに殴っている。華やかな店舗が並ぶ洒落た歩道が、凄惨なリンチの現場と化した。女子大生たちが悲鳴をあげて逃げまどっている。しかし、この街では黎たちを助けようとして、投石をしてくれる市民は一人もいなかった。全共闘は初めて現実を知ることになる。

黎は逮捕されそうになっている学生たちを助けに行きたくとも、目の前にいる機動隊の精鋭と闘わなければならなかった。身動きが取れないのだ。その間に、新たに街頭行動へ参加した学生や女子大生たちがどんどん逮捕されていく。黎にはそれが、かつて逮捕された真里亞の姿と重なった。

（助けたい！）

黎はそう強く思った。

黎たちは乱れた隊列を何とかまとめ、機動隊から逃げるように一塊となって、有楽町の駅へ押し寄せた。

みんなが我先に改札口を乗り越えてホームへと逃げて行く。黎たちは多くの学生たちを逃がすため、有楽町の改札口前で機動隊と激しくぶつかった。全員が学生たちの盾になるつもりだった。ところが、それが裏目に出た。

有楽町駅のホームは道路から数メートルの高さにある。ホームには多くの学生や女子大生が溢れ、身動きが取れない状態だった。そのホームを目指して、東京駅と新橋駅の双方から機動隊が線路を進みながら姿を現した。

全共闘はまたもや挟撃されたのである。

その機動隊の姿を見て、多くの男女の学生が駅のホームから下の歩道へ飛び降りて、逃げようとした。そのことで、ホーム下の道路は地獄絵図のようになる。

最初に飛び降りた多くの学生たちが骨折し、その上にまた学生が降ってきて、お互いに重傷を負った。その学生たちを事前に道路で待機していた機動隊が、男女の区別なく大盾で殴りつけ、逮捕していく。

黎たちは駅の改札口側からホーム下へ回り、何とか学生たちを守ろうと試みたが、逆に粉砕されてしまった。みんな散り散りになって、逃げるのが精一杯だった。

前年の新宿駅での敗北が機動隊の装備と闘い方を大きく変えていた。機動隊の装備はさらに軽量化され、活動性が飛躍的に増大している。ただ、それ以上に機動隊を変えたのが、その意識の変化であった。

この当時、黎たちや機動隊の心の奥底には、相手の肉体を徹底的に痛めつけることへの躊躇が存在していた。お互いに獣になり切れなかったのである。ところが、銀座では機動隊の意識から、全共闘たちを傷つけることへの躊躇が消滅していた。

その結果、いままで防御専用だった大盾が攻撃用の武器に変わった。機動隊員が全共闘に対して大盾を激しく横に振って、全共闘の貧弱な体を路上に転倒させる。さらに上から包丁で切り刻むように、転んだ学生の体を大盾の下の部分で幾度となく打ち続けた。

それだけではなかった。ほんとうは禁止されていた催涙弾の水平撃ちを、迷うことなく平然と行うようになっていた。機動隊は意図的に全共闘に対して、肉体的な恐怖感を植えつけたのである。

この銀座での闘い以降、警察は新たに参加した学生や心情的共感者としての市民に対して、強い恐怖感を与えるようになった。いままで歩道で全共闘を応援していた多くの学生や市民に対して、機動隊を突入させる。それによって、学生や市民たちは逃げ惑い、その体に恐怖を染み込ませた。

国家に対して抵抗する全共闘に味方すると、警察から激しい肉体的暴力を受け、逮捕されることを多くの人々が知る。学生や市民たちは、その心と体に恐怖心を染み込ませた。その恐怖感が全共闘とほかの学生や市民との間に大きな分断を生んだ。

権力側の戦略変更は大成功だった。恐怖心が全共闘と学生や市民の間に乖離を生んだのだ。それにより、全共闘とその共感者との分断が成功した。権力側が最も望んでいた結果となった。

人間の恐怖心を悪用した警察のこうした分断戦略は、全共闘の内部に向けても行われた。

新たに街頭に立った全共闘に対して、ただ逮捕するだけでなく、凄惨なリンチを加えた。黎たちのように街頭闘争に慣れていなかった新しい参加者たちは、機動隊からの暴力と拘束に震えあがるほどの恐怖を覚えた。それは当然の気持ちと言えるだろう。

この銀座での闘いで、全共闘とセクトは合わせて千人近い逮捕者を出し、そのうち約一四パーセントが女性という大打撃を受けた。その数はいままでのどの闘争よりも多かった。

こうした銀座での全共闘の壊滅的な敗北を契機に、多くの無党派の学生たちは全共闘と距離を置くようになる。たとえ闘いたくても、もう怖くて、全共闘として共に街頭で闘えないと思うようになった。

この警察の暴力を最大限に用いた権力側の分断によって、やがて全共闘は社会から遊離し、最後は忌み嫌われる対象へと堕ちて行くことになる。安田講堂支援闘争の時、黎が本郷通りで感じ取った、漠然とした恐怖感の正体がこれだった。

この日が実質的な全共闘の〝終焉の日〟となった。

これを境に全共闘は学生や市民の支援を失う。また、数多くの無党派の学生たちは恐怖から全共闘を脱退した。そのため残った黎たちは、もはや無党派の全共闘ではなく、正しくは無党派の学生たちに見放された、残り滓の「武闘派全共闘」と言うべきであった。

マスコミや知識人、文化人は、残った全共闘やセクトの学生をひとまとめにして、「過激派」あるいは「暴力学生」と呼称した。やがて、この言葉がひとり歩きを始める。そして、全共闘は社会悪の典型として、深く歴史に刻み込まれることになった。

三

この年の六月、全共闘の衰退によって、権力側は最大のチャンスを迎えることになる。

権力側は全共闘闘争が長期化している大学を念頭に置いて、「大学の運営に関する臨時措置法」の導入を強引に企てた。この法律が施行されれば、警察側はいつでも好きな時に、大学構内へ立ち入ることができるようになる。いままでのように大学側に許可を求める必要もなく、大学側も学生たちと協議する必要がなくなるのだ。権力側にとって、非常に都合のよい法律だった。

黎たちはこの法律を「大学立法」と呼び、その反対闘争を始めた。しかし、その手応えは極めて薄く、反対闘争に賛同する学生は非常に少なかった。もはや、多くの学生が全共闘に参加することに怯えていた。また、街頭闘争において、歩道から投石して全共闘を応援することを避けるようになった。

反対運動が一向に盛り上がらないなか、やがてこの大学立法は国会で強行採決され、八月に成立することになる。

その経緯のなかで、全共闘の間に解消できない強い閉塞感と敗北感が漂い始める。黎たち全共闘の悩みは一層深くなっていった。

四

六月下旬。

みんなに「お茶の水のジャンヌ・ダルク」と称えられていた全共闘の仲間が、聖橋の上から中央線の線路に飛び込み自死した。彼女は全共闘闘争に疲れ、自分が未熟であることや人間関係に孤立していることに悩み、自ら散華した。

このことは、黎たち全共闘全体に大きな衝撃を与えた。なぜなら、彼女の思いが、彼女だけの特別な気持ちではなかったからだ。多くの全共闘が同じように感じ、同じように悩んでいた。誰もが生きることに疲れ、それを放棄する可能性があったと言えるだろう。

この悲しい出来事を契機に、全共闘の内部に厭戦の思いが充満し、全共闘を抜ける学生がさらに増えた。

闘っても何も得られない、何も変わらないという諦めが、全共闘全体に広がっていった。

黎は全共闘をやめようとは思わなかったが、暗い気分に侵され、陰鬱な気持ちに襲われる。その結果、大学に行くことをやめて、吉祥寺のアパートで過ごす時間が多くなった。そのなかで、黎はひたすら短編小説を書き続けた。それしか、黎には自分の存在を証明するものがなかったからだ。

五

七月中旬のある日、劇団から帰ってきた真里亞が黎に聞いた。

「ねえ、故郷に帰らないの？」

真里亞にそう言われて、黎はいまが一般的な夏休みの期間であることに気づいた。

大学をバリケードで封鎖していたため、黎にとっていつも大学は休みであった。そのため、黎はすっかり時間の観念を失っていた。

「真里亞はどうするの？」と黎が真里亞に聞いた。

「劇団の研修生は夏休みを一ヶ月間もらえるので、私は故郷に帰るわ。お母さんの勧めている仕事場で、短期の事務アルバイトがあるみたい。それをやろうかと思っているの。黎は？」

「東京に残って、バイトでもしようかな」

「だめよ。もう一年以上、帰っていないでしょう。お母さんが寂しがっていると思う。帰るべきだわ。第一、アルバイトなら故郷にも何かあるでしょう」

「うん、それはそうだけど……」

いまの黎はすべてが億劫になっていた。できれば、ずっとこのままでいたい気分である。

「それに……。真里亞に長く会えなくなるのが寂しいな」

「何、都合のいいこと言っているの。いつもは一人でバリケードに泊まり込んで、帰ってこないくせに」

真里亞が笑いながら、黎のお腹に軽いパンチをあてた。

もちろん、黎のその思いは真実の気持ちだった。真里亞といつも一緒にいたかった。

しかし、母親にずっと会っていなかったことも事実である。きっと故郷の田舎で寂しがっているのに違いなかった。いつの間にか、親不孝な息子になってしまった自分を黎は恥じた。

黎は真里亞のパンチに大袈裟に倒れながら、故郷の田舎へ帰ろうと強く思った。

久々の帰郷が黎を心の緊張から解放してくれた。

確かに吉祥寺での真里亞との暮らしは楽しかったが、全共闘の問題が頭から離れることがなかった。それが田舎にいれば忘れることができた。

黎は母親が勤めているスーパーで、品出しのアルバイトを始めた。懸命に働いている黎の姿を見た母親の上司や同僚が、「よく働く、いい息子さんを持ったね」と母親を褒める。

母親の顔が誇らしげに輝いた。

その様子を見て、黎は故郷へ帰って来てほんとうによかったと思った。同時に帰郷を勧めてくれた真里亞に対して感謝した。

この夏休み期間が黎にとって大きな気分転換となる。休みが終わる頃には、黎は再び元気を取り戻していた。

夏休みが終わり、黎は再び吉祥寺へ戻った。黎よりも先に真里亞の方がアパートに戻ってきており、黎を笑顔で迎えてくれた。

真里亞の顔を見た黎は嬉しさのあまり、故郷での日々を一瞬で忘れる。

夏休み明けの大学では、全共闘闘争が終わりを迎えようとしていた。銀座だけでなく、その後の様々な闘争での敗北によって、全共闘の火がほんとうに消えかかっていたのだ。

また、八月に成立した大学立法の影響も強かった。この法律の施行によって、急激に全共闘の力が削がれていく。

闘いの場における機動隊の攻撃はさらに凄まじくなり、全共闘の負傷者が増え続けた。

しかし、新たに全共闘に加わる無党派の学生はほとんどなく、無党派の集合体としての全共闘は崩壊の道をたどるだけだった。

六

九月初旬、実質的に壊滅していた全共闘が、その〝本質的な終わり〟を迎えた。

少なくとも黎はそう思っている。

首都の中心部にある日比谷公園。そこで、全共闘が「全国全共闘」と看板を変え、さらにセクトとの間で組織的な共闘を行うことが議決された。

本来、個の集合体であった全共闘が、組織としての存続をはかるため、セクトと一体化したのである。それは、黎にとって全共闘の虚構化であり、全共闘思想そのものの死であった。

全共闘は自らの手で生み、育ててきた思想と集合体を、自らの手で縊死させてしまったのだ。黎にとって、個の観念が組織の規範との相克をまたもや超克できなかったと感じた。全国全共闘という虚名のもと、真実の全共闘はこの日を最後に消滅し、残ったのは虚構の集団だけだった。そのことが黎にはどうしても許せなかった。黎はこの日を以て、全国全共闘とは一線を画すことを決意した。

黎は個としての自分の生き方を見つめ、生きる意味、学ぶ意味を獲得するために闘ってきたのである。権力と武力衝突し、それに勝つことが主目的ではなかった。まして、個の集合体としての全共闘を、虚構の組織化してまで、社会に残そうとは考えてもいなかった。黎たちの眼は、自分に不都合な真実が見えない水晶体であってはならないのだ。

（もう二度と全国全共闘とは共闘しない）

黎は強くそう誓った。

この日から、黎は自分のことを「孤狼派全共闘」と呼ぶことにした。

全共闘が弱体化すれば、敵対していた権力や権威は黙ってそれを見過ごしにはしない。全国の大学へ一斉に機動隊が導入された。どこの大学もほぼ無抵抗でバリケードが排除されていった。もはや全共闘には、応援してくれる学生も市民もいない。全共闘は完全に孤立したのである。

七

九月下旬、黎の大学にも機動隊が導入された。機動隊は東門と正門の二カ所から同時に進入してきた。だが、それを阻止する学生は皆無であった。セクトの姿はすでになく、全国全共闘は数人しか残っておらず、すぐに逃げてしまった。ほかの学生たちは大学にさえ近寄ろうともせず、近くの喫茶店で機動隊の手によってバリケードが排除されるのをただ見ていた。そして黎もまた、自分たちの砦が陥落するのを、両手に小石を強く握りながら、歩道から黙って見ているだけだった。

機動隊が暴力的に変わった時から、この最終章への筋書きは書かれていたのかも知れない。綿密に計算された罠に全共闘は嵌り、ついに終わりを迎えた。

結局、黎たちが大学側に求めた変革は何も叶わず、大学は全共闘が闘う前の姿に戻った。その授業内容も、大学教授や理事たちの意識も、以前と何ら変わることがなかった。

黎たちの闘争は、すべてが徒労に終わったのである。全共闘が行った闘争は、大学における一時的な悪夢として片付けられてしまった。

黎の感じた敗北感は極めて強かった。黎は孤立のなかで、道標をなくして迷走するだけの存在だった。全共闘は共に道行く仲間を失い、闘いの拠点も失った。黎は失望感のなかで無駄に足掻き、ただ泥沼の奥底へと沈んで行く存在であった。

八

あの十月がまた巡ってきた。鉄路によるジェット燃料の輸送は変わらず続いている。

(また、止めに行かなければならない)

黎はそう考えた。もしそうしなければ、昨年の自分の行動が嘘になる。たとえ、いまの自分がひとりであっても、それを理由に自分の思想や生き方を変えることはできなかった。

真里亞が心配そうな顔で、「気をつけてね」と言った声を背に受け、黎はヘルメットを手にして、吉祥寺のアパートを出た。

黎が新宿駅東口に降り立つと、ホームはすでに機動隊によって固められており、ほかのホームにすら簡単に近づくことができなかった。駅周辺には全国全共闘やセクトの姿も見あたらない。それに対して、駅入り口周辺では頑丈な樫の棒を持った、多数の制服警官が警備にあたっていた。

（無闇にうろつくと警察に逮捕されてしまう）

そう思った黎は、駅から逃げるように離れ、新宿の街へ出た。しかし、そこも要所要所が制服警官によって固められていた。黎は、自分以外の全共闘がいないか、その姿を追って新宿通りから靖国通りへと向かった。だが、そこにも学生の姿は見られなかった。

黎は靖国通りを西に向かって歩き、東口と西口を繋ぐ大ガード下にたどり着いた。すると、大ガード下の車道で、車を止めている数人の無党派全共闘の学生が見えた。黎はすぐに彼らと合流し、共に車道を封鎖した。

黎たちが靖国通りを封鎖している間に、数名だった全共闘が百名近くまで増えていた。みんな、いままで見たことのない様々な大学の全共闘であった。おそらく、全員が全国全共闘に属さず、行き場を失った孤狼派全共闘である。黎と同じように、ただ、闘う場を求めて、ここに集結してきたに違いない。

黎たちはここを拠点にして闘うことで、ほかの全共闘を集合させ、ここから隊列を組んで新宿駅へ突入することにした。

各々が、ビルとビルとの間に隠すように置かれた廃材や廃棄物を引きずり出し、車道に粗末なバリケードを造り始めた。

ガラガラとトタンを引きずる甲高い騒音だけが靖国通りに響いている。このバリケードが実際には何の役にも立たないことを、黎たちみんなが理解していた。これは物理的な障壁ではなく、精神的な障壁なのだ。日常と非日常を区別する結界のようなものであり、同時に断固として闘うという、黎たちの覚悟を象徴していた。

黎は廃材のなかから使えそうな長い棒を探し、それを手に持った。それは、普段使っているゲバ棒より細く、さらに頼りない材木であった。

その時、黎は一瞬、せめて彼の火炎瓶があればな、と思った。

彼とは黎と共にいつも闘っていた友である。優れた現代詩を綴る、黎が嫉妬するような才能豊かな友だった。それが銀座での敗北を境にして、酒に溺れるようになった。

「今日は火炎瓶を持って参加するから、吉祥寺の駅で待っていてくれ」と言っていたが、駅では会えなかった。きっと、また酔っぱらって、寝過ごしたのに違いない。

黎は彼に会えなかったことが残念だった。

九

黎たちは先日の銀座のように、機動隊によって挟撃されることを恐れた。そこでみんなで話し合って、およそ三十名が通りの反対側に移動することにした。彼らがそこでも貧弱なバリケードを築いた。

気がつくと、歩道にはいつの間にか溢れんばかりの学生、市民が集まってきていた。おそらく、全員が昨年の再現を求めて集まってきたのだろう。だが彼らは、機動隊が歩道にいる彼らまでを逮捕することに気づいていない。

「来たぞ！　来たぞ！」

学生や市民の間から多くの声があがった。黎にはその声が「早く闘え！　早く闘え！」と、黎たちを煽っているかのように聞こえた。

大ガードを境にして、西口方面から機動隊が道路の道幅一杯に隊列を組み、指揮車や放水車と共に姿を現した。その数、およそ千人。

機動隊が黎たちを威嚇するように、大盾の内側を拳でドンドンとリズミカルに叩きながら進んでくる。まるで、古代ローマ軍の重装兵のようだ。

黎たちは貧弱な手製のバリケードの後ろに一列になって並んだ。黎が振り返ると、黎の後ろに列が五つできていた。一列十人。全部で六十人の孤狼派全共闘軍団である。それに対して、向かってくるのは千人の機動隊。玉砕覚悟の全共闘の布陣だった。

ガードの手前で、急に機動隊の動きが鈍くなった。機動隊が黎たちと向かい合う。黎はゲバ棒を持ち、いつものように構えた。

近づいてきた機動隊が一斉に止まった。それは絶妙な間合いであった。もう少し機動隊との距離が近ければ投石ができる。だが、それにはまだ距離がありすぎた。黎たちの投石は届かない。いや、届かないぎりぎりの所で機動隊が止まったのだ。それも計算に入っていたのに違いなかった。

機動隊列の中央部分の後ろで控えている指揮車の上から、指揮官が房の付いた指揮棒を振った。すると、前に整列していた二列の機動隊員が大盾を上下二段に構え直した。黎たちの眼の前に巨大なジュラルミンの壁が出現する。

いきなり、その金属壁の隙間から催涙銃の太い銃口が姿を見せた。

轟音のような激しい発射音が鳴り、無数の催涙弾が飛んでくる。

催涙弾の水平撃ちだ。

しかも、法律で固く禁じられている狙撃である。

だが、それを躊躇する機動隊員はいない。

黎の周りや後ろで、全共闘の仲間たちが催涙弾の直撃を受けて、バタバタと倒れていく。おそらく、みんな骨折しているに違いない。

黎が自分に向かって飛んできた催涙弾をゲバ棒で弾き飛ばした。黎の体の左脇に転がった催涙弾が、バーンという大きな音と共に破裂し、辺りに激しく鼻腔をつく刺激臭が立ちこめる。

その瞬間、黎の全身の血が沸騰した。

（負けるものか！）

黎が唇を噛み締め、機動隊に向かって走りだした。

ジーパンのポケットから小石を取り出し、機動隊に向かって投げる。それからゲバ棒を左脇にしっかりと抱え、機動隊の指揮車めがけて突進した。

（振ってはいけない、振れば折れる。突くのだ。ただ突くのだ）

自分にそう言い聞かせる。

突然、黎の目の前に放水車が現れた。放水銃から激しく噴き出した催涙液が、黎の上半身を青く染める。

黎はその放水に吹き飛ばされ、歩道まで転がった。

催涙液に濡れた額や腕がひりひりと痛む。催涙液には着色された揮発性の薬品が混ぜられていて、時間が経てばそれが肌を火傷させるのだ。

「着色者、全員逮捕！　着色者、全員逮捕！」

機動隊の指揮車から指揮官が甲高い声で叫んだ。

生涯、黎は決してその声を忘れることはないだろう。

機動隊が一斉に動いた。

機動隊の動きがいつもと違っていた。俊敏で、しかも粗暴であった。

黎たちはその勢いに押されるように歩道へと逃げた。機動隊が黎たちや歩道にいた学生、市民を逮捕しようと歩道に殺到した。

歩道にいたもの凄い量の人垣が崩れ、その場にいたすべての人々が大きな渦となって四方へ逃げ回った。黎はその渦に巻き込まれるように押し流されて行った。

流されて行く黎の目に、私服警官や機動隊員にリンチされている数名の学生や市民の姿が映った。それを黎は助けたいと思ったが、人波に邪魔され、助けることができない。

機動隊員の一人が黎を見つけて、ピィーピィーと笛を吹き、黎を指さした。

闘いはすでに決着していた。

黎たちは完全に敗北している。

黎がこれ以上闘って、ここで捕まる意味はすでに何もなかった。

(逃げよう)

黎は初めてそう思った。

黎はヘルメットを脱ぎ左手に持つと、夜の歌舞伎町へと逃げ込んだ。警察の捜索はいつもより執拗であった。ビルの陰で数人の全共闘が機動隊のリンチに遭っている。どうやら、警察は全共闘を徹底的に壊滅させようとしているみたいだった。

十

黎は歌舞伎町周辺の地図を思い起こしながら、逃げ道を探した。ネオン街を抜け、隣町の商店街へと向かった。そこで黎は実に嫌なものを目にする。「百人町自警団」と書かれた二つの大提灯が道の両側を照らしていた。その周辺には鉄芯の入った樫の棒を手にした、何十人もの青年たちが歩道を塞ぎ、歩行者を検問している。権力に媚びて生きなければならない、商店街の青年団であった。

（こんな連中に捕まるわけにはいかない）

黎は強く思った。

ついに、黎は手にしたヘルメットを初めて路上に棄て、その検問の方向に足を向けた。その瞬間、黎のなかで何かが静かに壊れていった。歩き出す黎の背後で、ヘルメットの転がる寂しげな音が響いた。

ヘルメットはどこまでいっても単なるヘルメットで、一つの物質に過ぎない。しかし、そこに全共闘と書かれている限り、それは黎の存在やいままでの黎の生き方を象徴している。黎にとって極めて大切な精神的支柱であった。その柱をいま黎は棄てたのである。それは闘いに敗れたこと以上に黎の心を傷つけた。

どこかで、微かな笑い声が聞こえてくる。黎の覚悟の弱さを嘲笑する、観念の哄笑に違いない。それが自分勝手な黎の思想を思い切り笑っていた。

十一

迷路のような夜の街を逃げ続け、黎は新宿駅の隣に位置する中野駅の南口にたどり着いた。駅の改札口付近には多数の制服警官が検問していて、着色者を探している。

（このままでは逮捕されてしまう。どこかで服を乾かさなければ……）

そう思った黎が辺りを見回した。

黎の眼に〈クレッシェンド〉と書かれた、一軒のジャズ喫茶の電飾看板が飛び込んできた。そこへ吸い込まれるように、そのジャズ喫茶の地下へと続く階段を降り、黎は分厚い扉を開けた。

店内は暗く、それが黎にとって極めて都合がよかった。なかに入ると、聞いたことのある曲が流れていた。確か、ひとりぼっちで取り残されることを象徴する曲だった気がする。

それがまるで、いまの黎のことを演奏しているように思えて、黎は唇を強く噛んだ。口中に血の味が広がった。

店が終わる深夜過ぎまで、黎はそこで粘り、外へ出た。服はすでに乾いていたが、外の明かりに照らされて、青く光っていた。中野駅には相変わらず多くの警察官が立っていて、改札口を見張っている。これでは始発まで待って、帰ることはできなかった。

黎は吉祥寺まで歩くことを選択した。そこからの道のりは詳しく覚えていない。ただ、ふくらはぎの筋肉痛と腰痛だけが、黎の記憶に強く残っている。

黎はようやく吉祥寺のアパートにまでたどり着いた。

アパートのドアを開けると、真里亞が黎の胸へ飛び込んできた。

「黎、無事だったのね」

「うん、何とか」

黎はそう答えるのが精一杯だった。

黎の体が意識を失ったかのように真里亞の前で崩れ落ちる。

それを真里亞がしっかりと抱きしめる。

黎はまるで、サン・ピエトロのピエタのように、真里亞の腕に抱かれて、初めて安らかな眠りを得た。

十二

十月の下旬、黎はアパートの天井を見つめていた。

黎が学んだ思想は社会に関わることの重要性を教えてくれた。だが、黎が抱える問題のなかで敗北した黎が、これからどのように存在すればよいのか。黎の思想はそれを語ってくれない。

黎の心から次第に柔らかな感性が失われ始めていた。悲しいことをあまり悲しいと思わなくなる。綺麗な自然を見てもそれほど綺麗と感じなくなる。心の色を失ったのである。すべての音楽が騒音に聴こえるようになり、黎は音楽を聴かなくなった。

色や音のない世界で、黎はあれほど好きだった表現する行為をやめた。存在の意味を喪失した黎に、もはや語るべき言葉が残っていなかった。それでも、アルバイトにでも行けば、無為な時間を避けることができたのかも知れない。だが、黎はそれもせず、ただ無目的にアパートに籠もるだけだった。

表現活動もせず、アルバイトもしない黎は、もはや人間とは呼べず、家に転がっている置物と同質だった。

黎のこうした無気力な生き方が、真里亞との暮らしに急速に暗い影を落とし始めていた。

「ねえ、書いている？」と劇団から帰宅した真里亞が黎に聞いた。

黎は無言で首を横に振る。

「どうして書かないの。前より時間的な余裕があるのに、もう、ずっと書いていないじゃないの。私はいまの黎にバイトをして、とは言わないわ。でも、黎には小説を書いていてほしいの」

真里亞がそう強く言って、黎に迫った。

「ごめん。真里亞ひとりを働かせて……。ただ、小説はまだ書けない」

「どうして？」

「いままで書いてきた自分を一度解体して、その先にある言葉を見つけなければ、再び書くことができない」

と黎が言うと、真里亞が大きなため息をついた。

「自分をこれ以上突き詰め、最後まで解体していったら、黎は表現者でなくなるわ。そこには表現者としての死があるだけよ。それでもいいの」

「よくはないが、やむを得ない」

「そんなことないわ。自分の存在を証明してくれる唯一の手段だった表現を失って、どうして黎は黎と言えるの」

真里亞が黎に強く反発した。いつも優しい真里亞にしては、珍しいことであった。

苛立つ真里亞を黎は黙って見つめている。

真里亞が心を静めるように煙草を咥えて火をつけた。それから、天井に向けて煙を吐き出す。それをぼんやりと見ていた黎が、言い訳をするように口を開いた。

「いままでの言葉じゃ足らないと思っている。その先の言葉を見つけなければ、僕はもう書けない。いまの自分の思想を完全に廃棄し、新しい思想を得なければ、表現者として次の言葉は紡げない。いま表現者として死を迎えても、その先に新しい表現者としての再生の道があると思っている」

「それはおかしいわ。新しい表現は絶え間ない表現活動の永続性のなかから生まれてくるものよ。書いて、書いて、死ぬほど書き続けることで、次の言葉が生まれてくるの。黎のように書くことをやめてしまえば、新しい言葉は生まれないわ」

真里亞がきっぱりと言い切った。

黎はその言葉を素直に受け入れられなかった。

「それは真里亞の考え方。僕は真里亞とは違う」

そう言ってから、黎はほんの少し後悔した。

黎たちは何があっても、決して思いや心が互いに違ってはいけなかった。絶えず、相手のことを理解し、意見が異なっても、それを埋める努力をしなければならなかった。それなのに、いまの黎は包容力さえ失っていた。

真里亞が呆れた顔で黎を見て、それから諭すように言った。

「書かなきゃ、駄目よ。書かなきゃ、黎でなくなるわ」

「うるさいな。もうやめてくれ!」と、黎は思わず怒鳴ってしまった。

真里亞が冷めた目で黎を見て、それ以上は何も言わず立ちあがって、アパートから出て行った。

十三

十一月初旬、劇団から帰ってきた真里亞が、ただ寝転んで炬燵に入っている黎を見て、激しく怒った。

「黎はほんとうに変わったわ。でも、私はもう黎に合わせて、莫迦な女を演じることに疲れたの」

煙草に火をつけながら真里亞がそう言った。

それは紛れもなく、別れを連想させる言葉だった。その現実が、どの言葉よりも鋭く黎の心を抉った。

真里亞の白くて細い、綺麗な指先に挟まれたハイライトから流れ出る紫煙が、黎を涙ぐませる。

「私ね、明日から夜の街に働きに出るわ。髪も染めなくちゃ」

真里亞の髪の根元から数本、白髪が姿を覗かせていた。まだ若いのに、こんなにも疲れた真里亞の姿を見たのは、初めてのことだった。

「劇団はどうするの？」と黎が驚いたように聞いた。

「ばかね。劇団は通うわ。その後に働くのよ」

「そんなに家計が苦しいの？」

「違うわ。黎の腑抜けた顔や様子を、もう見ていたくはないの。働き始めたら、朝は寝ているから起こさないでね」

それは黎に対する真里亞の明確な拒絶であった。そんなことは、いままで一度もなかった。

狼狽えた黎は、真里亞に対して適切な言葉をかけられなかった。それどころか、黎の口から発せられた言葉は、まるで逆のものだった。

「わかったよ。僕も小煩い真里亞の顔なんか見たくないから、丁度よかった」と黎が答えた。

この時、黎が「ごめんね」と謝り、その後の生き方を変えていれば、黎と真里亞との関係は修復できたに違いない。だが、いまの黎にはその気持ちと余裕が失われていた。そのため、黎と真里亞との関係が、互いに修復できないものへと変わってしまった。互いに労り合うことで、二人の同棲生活は守られてきた。それが傷つけ合う関係に変わったら、もう長続きはできない。

黎は二人の離別の時が近づいていることを強く感じた。やがて、黎の予感はすぐに現実のものとなる。

十四

十一月中旬。

この日、黎は真里亞と激しく言い争った。黎が首相訪米阻止のため、羽田空港へ行くと話したことが原因であった。

「なぜ、行くの？　もう行く必要がないでしょう」

真里亞が黎の行動に厳しく反対した。

そのことが黎を怒らせた。

「どうして、僕の気持ちがわからない。僕は闘わなくてはならないんだ！」

黎が怒鳴った。

だが、真里亞も負けていなかった。

「ええ、わからないわ！　黎はすでに闘いに負けたのよ。それとも、黎はまだ負けていないとでも思っているの」

真里亞の言葉が黎の心を鋭く抉った。

「いや、そうは思ってない。負けたことは認めている」

「じゃ、なぜこれ以上、無駄な闘いに参加しようとするの。それって、ただ捕まりたくて行くみたいじゃないの。黎にとって行く意義を教えて」

真里亞の問いに対して、黎は答えられなかった。

首相訪米阻止闘争の表向きの意義は、期限切れとなる日米安全保障条約の継続をアメリカと協議するために渡米する首相を、阻止することだった。いわゆる日米安保反対闘争だ。

もちろん、その反対にはそれだけでなく、黎の全共闘としての生き方と関連するものも存在していた。その首相には、国内の過激派学生を制圧したことをアメリカ大統領へ報告に行く目的もあったのだ。首相はその実績を世界から賞賛されたかったのである。

確かにこの時、全共闘思想そのものがすでに破綻しており、全共闘は無党派層の離脱によって、集合体としても解体していた。真里亞の言う通り、黎がこの戦いに参加する意義はすでに失われている。

それでも黎は参加しなくてはいけないと思っていた。

それが、いままで闘ってきたことへの責任の取り方であり、多くの仲間が逮捕されているのに、黎だけが残っていることへの贖罪の気持ちも強かった。

その思いを真里亞が理解してくれないことに黎は苛立った。

「闘う必要があるんだ！」と黎がまた怒鳴った。

それを聞いて、真里亞が鼻で笑った。

「怒鳴らないでくれる。ばかじゃないの、ただ捕まるために闘いに行くなんて。それって、革命的敗北主義じゃないの」

黎の心を真里亞はすでに見透かしていた。

真里亞がハイライトの箱から煙草を取り出して咥えた。それから、乱暴に火をつけ、自分の気持ちを落ち着かせるように深く吸ってから、その煙を吐いた。

真里亞がそれを二回繰り返すと、真っ直ぐに黎を見て、口を開いた。

「安田講堂での闘いの後、愚かな文化人の言葉に対して、黎は何と反論したのか覚えているでしょう」

真里亞が厳しく黎に詰問した。

黎はそのことをしっかりと覚えていた。

安田講堂の敗北の後、ある文化人が、

「あの闘いで全共闘は誰一人として死ぬまで闘わなかった。だから、全共闘は贋物なのだ」

そう言って全共闘を批判した。

全共闘闘争は人間がどう生きるべきなのか、その意味を問う闘いであった。生きるための闘いに、学生が死ぬ必要性など何もない。

その文化人に対して、黎は「死を賭して闘うことに美学を求めるのは、悪しき日本的慣習である」と言い、激しく糾弾した。

「いまの黎は、あの時の文化人と同じ。闘いに負けて体が傷つき、逮捕されることを求めている。それで心が救われるとでも思っているの」と真里亞が言った。

黎は心のどこかで、滅びの生き方に憧れていた。その心があるから、あれほど激しい幾つもの闘いを行えたと言える。黎の本質は革新的ではなく、極めて日本的だった。

「僕だって、自分の心のなかに、自分の思想に殉じることに対する憧れはある」

黎がそう答えた。

「あら、随分と感傷的ね。それって、単なる浪漫派的な敗北願望じゃないの。でも、それは私たち雪国の人間の生き方ではないわ。田舎者の私たちは、権力に負けたら耐える。ただひたすら耐える。そして、次の春が訪れるのを待ち続ける。思想に殉じるなんて、そんな格好のいい生き方は、私たち雪国の敗者には許されないわ。そうじゃないの」

真里亞が鋭く黎を批判した。

真里亞の言葉に間違いはなかった。ただ、いまの黎は、それを素直に認めることができなかった。

「行かなければ、いままでのすべてが嘘になるんだ！」

黎がまた怒鳴った。

「わからず屋！　負けたということは、黎のすべてが誤りで、すべてが嘘だったと歴史に刻まれることなのよ！」

真里亞がそう怒鳴り返した。

「うるさい！　僕はもう出て行く！」

黎が言ってはいけない言葉を発した。

それを聞いた真里亞が、吸っていた煙草を灰皿にぐしゃぐしゃと押しつけ、高い声で怒鳴った。

「わかったわ！　勝手に出て行ったら！」

「出て行くとも」

黎が立ちあがった。

その黎に向かって、真里亞が声をかけた。

「いまの黎は三流の表現者だわ。でもね、それでも黎には書き続けていてほしかった。私、そんな黎を支えたかった」

その言葉が黎の心を徹底的に切り刻んだ。

客観的に見れば、いまの黎はその三流からも滑り落ちている。書くことを辞めた黎は、表現者の範疇にも入らなかった。

すべての終わりは、いつも悲しい始まりである。

そのことを噛みしめ、黎は持ってきた少ない荷物をまたリュックサックに詰めた。それから、それを背負って、真里亞と暮らした吉祥寺のアパートの部屋を出た。

どこにも行き場のない黎は、新宿の角筈にある三階建てのクラシック喫茶の屋根裏に身を寄せた。そこは、黎たち全共闘がよく打合せに使用していた店で、黎はマスターと極めて昵懇であった。噂では、そのマスターは六十年安保時代の、全学連の闘士だったそうだ。角筈のマスターは詳しいことを何も聞かず、快く黎を受け入れ、店の屋根裏部屋を貸してくれた。ここで黎は、大学を卒業するまで、住み込みのアルバイトとして働くことになる。

十五

黎にとって最後となる街頭闘争の日がやってきた。

黎はいままで頑なに拒否してきたセクトのデモ隊のなかにいた。ここでしか、最後の闘いを行う場所がなかったからだ。

深夜から降り始めた細かな霧雨をついて、黎は右手に火炎瓶を、左手にゲバ棒を持ち、労働歌を唄いながら、線路上を羽田空港へ向かって進んだ。

それが黎の唄った最後の労働歌となる。

だがその時すでに黎の血は闘いに汚れ、歌の歌詞のように〝聖なる血〟とは言えなかった。また、黎が目指した砦の上には〝我らの世界〟はなく、廃墟しか存在していない。そして、歌の世界のすべてが幻想であった。

黎の前をセクトの大旗を持った一人の学生が進んで行く。その後ろを、大旗より少し小さな旗を持った三人の学生が進む。さらにその後ろに多くのセクトの学生たちが隊列を組み、電信柱に似た丸太を脇に抱えて行進している。これで、機動隊の放水車や指揮車を目がけて特攻するのである。それはある意味、無謀な闘いであった。

そして、彼らから少し間を空けて、黎が同じように線路上を進んだ。黎の後ろには黎と似た孤狼派全共闘が十数人、それぞれが火炎瓶を手にして、俯きながら線路を歩いている。黎たちの姿は、これから闘いに向かう暴力学生の群れではなく、まるで葬儀に向かう参列者のようであった。

傷ついた心と同じ質量の肉体の損傷を求めて、闘いに臨む黎。そこには自分の行動を正当化する思想は何もなかった。思想は黎を救うことができず、ただ敗北を求める暴力だけが、自分の存在を証明させてくれた。

論理ではなく、情念に流されていく黎。

細かい霧雨が舞い、黎の持つ火炎瓶の口火が次第に消えていく。それは、この闘いの結末を象徴するかのように儚かった。

線路の前方に、二台の放水車に守られた機動隊が姿を見せた。セクトの学生たちが電信柱を抱えたまま機動隊へ向かって突入し、激しい乱戦となった。

黎は口火の消えた火炎瓶を割ると、なかのガソリンをゲバ棒に降り注ぐ。そのゲバ棒を左脇に抱え、マッチで火をつけた。

ゲバ棒の先が激しく燃えあがる。

黎はそのまま機動隊へ向かって突進した。

炎が黎の掌を、額を、激しく炙る。

機動隊の放水車がどんどん近づく。機動隊員一人ひとりの顔が大きく見える。鋭い放水が黎の持つゲバ棒や全身を濡らした。

ゲバ棒の炎が消える。

黎がわずかに足を止める。

その瞬間、黎の頭部が機動隊員の大盾で勢いよく薙ぎ払われた。

黎のヘルメットが粉々に砕け散り、その体が線路から下の草むらへ飛ぶように転げ落ちる。

なかに敷いてあった新聞紙が初めて宙を舞う。

それは悲しいほど美しかった。

その有様を遠い目で追いながら、黎は雨で濡れた地面に体を叩きつけられ、全身を泥に染める。その姿は存在の意味を失った木彫りの熊のようだった。

黎の心を虚無の色が染めていく。

初めは薄く水のような色が次第に色を増し、虚無が深くなる。やがて、虚無が濃度を増しながら、黎の内部から外部へと流れ出る。流れ出た虚無は大気に凝固し、また黎の心に還る。それは存在の意味性の死であった。

黎は濡れた土砂の上に倒れこんだまま、しばらく起きあがることができなかった。

全共闘の実質的な死は、すでに銀座での闘争で迎えていたが、いま、黎の全共闘闘争は灰さえ残さず完全に燃え尽きた。

煙雨と催涙ガスとが重なり、辺りが濃い霧のなかのように霞んでいる。黎は顎に残ったタオルとヘルメットの残骸や顎紐を外し、そっと地面の上に置いた。

この瞬間をもって、わずか一年強でしかなかった、黎の濃厚な全共闘闘争が完全に終焉を迎えた。

黎たちが担ってきた無党派全共闘闘争のすべてが消滅した。その後には、形骸化された全国全共闘という虚構だけが、亡霊のように生き延びようとしている。虚しい組織として生き残ろうと跪き続けていた。それは痛ましいほど無残な足掻きであった。

それから五年後、あの時の首相がノーベル平和賞を受賞する。黎は目の前で開演された喜劇に暗く笑うしかなかった。

第五章
季節の外へ

一

羽田闘争の翌年の三月初旬。

絶え間なく雨が降り注ぐ冷たい朝、黎は呆気なく転んだ。

学生部の事務室で、あの学生部長が冷めた眼で黎を睨んでいる。彼は黎に助けられたことなど覚えてもいないだろう。

学生部長が極めて事務的に口を開いた。

「大学を出る方法は二つ。一つは卒業、もう一つは除籍。君はどちらを選ぶ？」

黎の素性は解剖台の上で切り刻まれ、内臓の破片すら白日に晒されている。いまさら言い逃れはできないし、そのつもりもない。

ただ、遠い雪国の田舎で、黎の卒業を心待ちにしている母親の笑顔を思い起こせば、除籍を選ぶことはできなかった。

「わかりました……。卒業します」

黎がついに大学側の恫喝に負けた。

いままで何のために大学に逆らったのだ、と言わんばかりの眼をして、学生部長が黎を見つめている。その冷笑に満ちた視線から逃れるように黎は頭を下げ、「失礼します」と言って、学生部を出ようとした。

その時、黎の背後で学生部長の声が響く。

「ああ、それから、もう大学に来なくてもいいから。授業も受ける必要がないよ。試験だけを受けて、卒業論文を提出してくれれば、それでいいから」

極めて形式的に言い放った。

こうして、黎は何の抵抗もできずに〝転向〟した。

それがいままでのどの敗北よりも深く、そして強く、黎の心を傷つけた。黎は自分がもう立ち直れない気がした。

どこからか、「だから、全共闘は贋物なのだ」とか、「だから、団塊の世代は信用できないのだ」などと非難する嘲笑が、黎の耳元へ聞こえてくる。

負けるとはこういうことなのである。

真里亞の言った通りだった。

敗者には屈辱しか残されないのだ。

それでも黎にとって、大学に残れただけ、まだましなのかも知れない。

（いや、そこまでして大学に残りたいのか。あれほど抵抗を続けてきた大学に残りたいのか）

黎を批判する黎の声が頭のなかで響いた。

様々な思いが去来し、そのすべてが黎の変節を非難している。黎はそれらをすべて受け止めるしかなかった。

（耐えなくてはならない）

黎は自分にそう言い聞かせた。

（おそらく、二度と足を運ばないだろうな）

そう思いながら、小雨の煙る大学の中庭へと向かった。

かつて、ここで数百名の仲間と共に集会を繰り返し、ここから出撃した聖域は、いまでは大学の完全な管理空間と化している。

その空間に一人佇む黎の手は痩せて頼りなく、二度とゲバ棒を手にすることはできないだろう。思想としての意味性を失った黎の観念は極限にまで痩せ細り、いまの黎を支え切れない。これから迎えるだろう試練の季節を前に、黎は雨に濡れて耐えるだけの存在に過ぎなかった。

黎はその足で、真里亜と暮らした吉祥寺のアパートへ行ってみた。自分の未練がましさに腹を立てながらも、黎は無性に真里亜と会いたかった。

だがそれは叶わず、二人が暮らした部屋にはすでに別の女性が入居していた。念のため、真里亜の母親の許へ電話をしてみたが、「この電話は使われておりません」と機械音が繰り返すだけで、電話が繋がることはなかった。黎と真里亜の絆は完全に断たれていた。

三月のまだ冷たい雨が、意味もなく吉祥寺の街を彷徨い続ける黎の影を覆う。舗道が黒一色に染められ、影と一体化した黎の存在を躊躇なく消していく。言語表現による思想の再生という、極めて困難な課題の回答を求めて、いまの黎は吉祥寺での暮らしを懐かしむだけの流浪者に過ぎない。

黎にとって、この街は歓喜の出発点であり、同時に悲哀の出発点となった。このままでは、黎は永遠に沈黙を続けるしかないだろう。ただ、いまは、いまだけは黎の肉体へ降り注ぐ雨に自分自身を同化させ、舗道を濡らすだけの存在でいたかった。

決して挫折とは呼べないが、黎にとって小さくない失意を胸に抱き、黎は心の最も暗い最深部へと滑り落ちて行った。

癒やすことのできない敗北感が黎を失語症に追いやった。

二

いや、黎だけではない。

多くの全共闘が失語した。

かつて、黎には信じてきた思想と言葉が存在していた。求め続けてきた理想と夢があった。それが脆くも一瞬で瓦解した。それは黎にとって観念の敗北であり、思考の崩壊であった。

黎の観念のなかで、言葉がどんどん摩滅していく。いままで黎の思いや心を表現してきた言葉はすでに失われ、もはやどこにも存在していない。だからといって、いまの流行から生まれた新しい言葉で表現しても、黎自身の存在が霞むだけである。その表現は黎の言葉ではない。黎が偶然に出会った言葉であり、ほかの表現者の言葉なのだ。黎が生み出したわけではない。それらの言葉を用いることは、盗んだ他人の服を着て外出するような、後ろめたさが絶えずつきまとう。

ほんの少し前、黎が好んで用いていた古い言葉の多くは、いまでは黎のなかで廃棄されつつある。剣よりも鋭利と信じていた黎の表現は、単衣の薄絹さえ切り裂く力もなかった。黎が繰り返し主張し続けた思想は、黎だけを陶酔させる安酒に過ぎない。

黎が用いてきた多くの言葉は、酸性雨に濡れた鉄屑のように腐敗し、使い手の未熟さだけを吐露しながら消滅していく。黎に対する社会の哄笑のなかで、黎はただ失語するだけだ。黎はいつの間にか思想の巨大な坩堝に翻弄され、風化された言葉の使用を拒否するだけの、極めて頑固な存在と化していた。

黎はそれまで書いてきた短編小説のノートを両手で千切り、すべてを破り捨てた。ノートの切れ端が黎の数本の指先を薄く傷つけ、少し血が滲んだ。しかしそれは、これまでの全共闘闘争のなかで流してきた血と比べれば、ほんのごくわずかな量でしかなかった。それなのに、いままでのどの切り傷よりも耐え切れないほど痛く、思わず黎は小さな呻き声をあげ、目から涙を流していた。

果たして、いつか黎は自分の表現を取り戻せるのだろうか。それを可能とする、新しい再生の言葉を見つけることができるのだろうか。残念ながら、いまの黎にはその言葉を、その表現方法を、そして何よりもそれを生み出す新しい思想を見つけ出せなかった。

もし黎が、「愛している」という風化した言葉でしか愛を語れず、共産主義や実存主義などという概念でしか理想郷を語れないとしたら、黎はこれからの時代を生きていく表現者になれないだろう。すでに、それらの言葉は黎のなかで漂白され、白蝋化している。黎の観念のなかで、いままで醸成した思想が音を立てて、ぼろぼろと剥離していた。黎の観念は極端に痩せ細り、極めて貧弱な姿に変わり果てている。

それでも、黎は全共闘闘争がなぜ敗北したのか、それだけは総括し、たとえ外に向けて語らなくても、自分の心のなかに整理しておく必要があった。そうしなければ、いままで闘ってきた黎の存在そのものが消滅するだろう。そうなれば、黎にはこれから先の実存がなくなってしまう。黎は勇気を奮って、いまの拙い言葉で敗北の背景を纏めなければならないと思った。

三

全共闘が敗北したのは、社会現象的には多くの市民や学生の支持を失い、社会から〝遊離〟したことであると、黎は考えている。

遊離と似た言葉に孤立という熟語がある。孤立は組織のなかでひとりになることだが、その所属はまだ組織のなかにある。それに対して、遊離は組織のなかに存在していながら、その組織との関係を断ち切られ、宙に浮いている状態である。実態としてはもはや組織に所属していない。そのため遊離した人間は、もう二度と組織から顧みられることはないのだ。

では、なぜ、全共闘は社会のなかで遊離するまで、市民や学生の支持を失ってしまったのだろうか。まずはそのことから考えていく必要があると黎は思った。

その理由は表層的にはそれほど難しいことではない。あくまでも表層的な理由だが、「権力から受ける暴力への恐怖」と「失望」の二つが影響したと黎は考えていた。

権力の過ちを指摘し、そのことに抵抗した人々に対して、権力は圧倒的な暴力を振るった。そして、人々はそれに恐怖したのである。

前にも触れたが、国家は全共闘への心情的共感者としての学生や市民に対して、拭えない恐怖感を与えた。いままで歩道で全共闘を応援していた多くの共感者に対して、機動隊を突入させる。共感者たちはみんな逃げ惑い、その心と体に恐怖を染みこませた。権力に抵抗すると、権力側からひどい暴力を受けて逮捕される。その恐怖と現実の体験が、全共闘と全共闘の共感者との間に乖離を生んだ。権力による全共闘と共感者との分断が成功したと言えるだろう。そのことで、全共闘は支持者を失い、結果的に敗北した。

それとほぼ同時に起こった現象が、全共闘への〝失望〟である。全共闘は大学の問題点を指摘し、大学を一旦解体することで、その改革を求めた。同時に大学の腐敗が社会の構造と緊密に関係しており、社会も改革しなければならないと感じて、街頭行動に走った。ところが、大学解体は進んだものの、その古い構造に変わる新しい大学像や組織論、運営論、さらには社会そのものの新しい在り方などに関して、的確に提唱できなかった。

そのため、全共闘はただの破壊者になってしまったのだ。多くの学生や市民は、この全共闘の力量のなさに〝失望〟した。そして、これでは駄目だと全共闘を見放すことになった。

しかし、いま指摘したことは真実ではあるが、すべてが表層的な考察であると黎は思った。本質的には、もっと別の深いところに問題点があり、その問題点を多くの人々が恐怖したから、全共闘闘争が敗北したと黎は考えていた。

その問題点こそ、全共闘の硬直化した〝原理主義〟だった。

全共闘は徹底的に深く、生きることの意味を求め、その思想を忠実に実践しようとし過ぎた。あまりにも原理主義的だった。その象徴が「大学解体・自己解体」である。

たとえば、「大学解体」だけならば、社会や市民、学生たちも容易に理解できた。極めて問題が多く、腐敗している既存の大学組織を一度根本的に解体して、構築し直す。それに対して社会は喜んで賛同し、手を貸してくれた。

ところが、全共闘はその過程で、それを許している大人たちの共同体である国家や社会、そして個人の意識にまで解体を求めた。それは、国家の既得権益に塗れていた権力者や権威者にとって、はなはだ厄介な問題だった。一大学だけの問題に留まっているのであれば、大学人事の更迭や大学への補助金の範囲のなかで対処できた。しかし、全共闘が求めたのはそんな次元ではなかった。全共闘はそれ以上のことを求めようとした。

まずは大学の解体。そしてそれを許している社会や個人の解体までを求めた。さらに、全共闘とコインの裏表のような関係にあったセクトは、その社会の解体を共産主義革命と位置づける。それは日本の国家にとって、絶対に受け入れられないものだった。

確かに、多くの人々はいま自分が生きている社会や組織に不満を抱いている。しかしだからといって、その社会的基盤までを壊そうとは思っていなかった。人々が求めているのは、いまある社会の改善や改革なのである。だが、全共闘はそれを悪しき構造改革主義として退け、もっと根本的な変容を求めてしまった。あまりにも深く、変化を求め過ぎたのだ。

人々はいまの生活基盤が壊されることに恐怖感を覚えた。その瞬間に、全共闘は社会から遊離してしまった。社会を構成するすべての人々から、危険な存在として認識され、社会の敵になったのである。

もともと、全共闘はセクトとは異なり、社会革命など求めていなかったはずだ。全共闘が求めていたのは、いまの社会における「人間の本質的な変容」だった。だが、その本質的変容が具体的にどのような過程で行われ、それがどのような世界になるのか。全共闘はそれを社会に示すことができなかった。

全共闘ができたのは、いまの社会や大学が不公平で腐敗している、ということを示すだけだった。全共闘は真実を求め、社会の暗闇を暴き、人々にその暗さを過激に見せたに過ぎない。そこには救いがなかった。ただ人々を鬱に追いやっただけなのである。

それだけではない。全共闘は社会や大学だけでなく、学生自身に対しても根本的な変革を求めた。無知で未熟な自分を解体し、新しい自分になることを激しく求めた。それが「自己解体」だった。

それは多くの学生たちにとって、ひどくつらく、苦しい話であった。なぜなら、自己を解体したのちに再生すべき、新しい自分の像が見えなかったからである。そのことが、多くの無党派層や心情的共感者層を絶望の世界へ叩き落とした。また、それ以外の学生層や傍観者層は、全共闘の無責任さに対して、逆に大きな反感を抱いた。

（できないことを言うな！）

みんながそう思ったのだ。

学問的には全共闘の思考の過程は間違っていないだろう。だが、あまりにも原則的に多くの変革を求め過ぎだった。しかも、その後の世界を開示せず、自分を解体することだけを厳しく要求した。

無党派全共闘を含めて、多くの学生たちは自己解体などできなかった。みんな禅宗の修行僧ではないのだ。いま生きているなかで、できる限り少しずつ真実に近づこうと、みんなが足掻いていた。その歩み方を全共闘自体が無残にも否定した。その考え方は極めて原理主義的と言える。これでは学生たちも、市民たちも、全共闘についていけなかった。

こうして、全共闘は自らの思想に自壊・自滅してしまったのである。これが、全共闘が滅んだほんとうの理由だった。

黎はそう結論づけた。

なぜ、黎にはそう言えたのか。

それは黎が真摯に自己解体を追求し、すべてのことを根本的に解体してきたからである。言葉や感性、最も大切な真里亞など、多くを失ってきたからこそ、黎はそう結論づけることができた。

結論的に言えば、黎たち全共闘は真実を求め過ぎた。その結果、社会の暗闇を暴いただけで逆に社会から遊離し、滅んでしまった。真実を明らかにすることで、最初は喝采を受けても、それが長く続くことは難しい。どこかで手を打つ必要があるのだ。それが黎たちの生きている社会の、共通する国民的な資質であった。

言いかえれば、この国では徹底することが忌み嫌われるのだ。どこか曖昧なところで、妥協して生きていく。それが争い事を防ぎ、生きるうえでの美徳とされた。

過去の歴史を見ても、社会のなかでは極端に真実を追ってはならなかった。たとえば、江戸時代の狂歌師であった大田南畝は東洲斎写楽のことを、「あまりに真を画んとてあらぬさまにかきなせしかば、長く世に行はれず、一両年にして止む」と記している。

全共闘は極端に真実を追究したため、わずか一年一ヶ月で写楽のように消え去った。ただ、写楽はその後、力強く復権する。それに対して、全共闘はこれからも顧みられることがないだろう。

なぜなら、全共闘が描いた浮世絵が未熟で、極めて稚拙な版画であったからだ。人間が本質的に変容した後の世界を描けなかったのである。それは黎も同じであった。個人の観念と組織とが調和した社会の姿を語れず、自分自身の思想を止揚させることができなかった。

そのことを黎は心から恥じた。

いまの黎には大声で主張できる思想はなかった。もう、黎は何かを偉そうに語れる存在ではないのだ。

こうして黎は自分の言葉と表現を失った。

四

全共闘闘争だけでなく、黎は自らの観念の闘いにも大きく敗北した。個人と組織との相克に結論を導きだせず、組織から遊離して漂うだけの存在となってしまった。この状態から解脱できなければ、黎の観念は永遠に解放されないだろう。

（なぜ、自分は組織との相克から解脱できないのだろうか）

黎はそれを問い続けた。

しかし、明確な回答にたどり着けなかった。ただ、そのなかでわかったこともある。

個人と組織との相克は黎だけの問題ではなかった。遥か古代から人々が悩み続けてきた問題であったのだ。

だから、イエスはユダヤ教団を否定し続け、釈迦はバラモン教団からの解脱を目指した。

（釈迦はどうやって解脱したのだろうか）

黎は釈迦の生涯と仏教の歴史を追ってみた。

釈迦は解脱したのちに入滅した。その後、五百人に及ぶ高弟が集まり、釈迦がなぜ解脱できたのか、その方法を論議したが、結論を得られなかった。論議の後には各高弟たちの幾つもの自説が残っただけである。それが、仏教の複数の経典となった。

その結果、幾つもの教団が結成される。各教団は各々、自分の教団による解脱の方法こそが正しいと主張し、その教団存続のための教義と戒律を創り出した。しかし、残念なことに釈迦以降、誰も解脱できなかった。それでも各教団は組織として残り続けた。

その教義に疑問を感じ、それに異論を述べた人々は異端として、その教団を追われ、新しい宗教教団を創ることになった。そして、その新しい教団内部でも同じようなことがまた起こり、結果として、新たな教団が増えるだけであった。黎と同じで、すべての人々が個人の観念と組織との相克に囚われてしまった。

では、新たな組織も創れず、既存の組織のなかを浮かび続ける個人は、どこへ向かえば救われるのだろうか。それに対しては誰も答えることができない。

こうして、黎が答えの見つからない問題に悩み続けている間に、黎を取り巻く思想の環境はどんどん変化していった。いままで黎が学んできた様々な思想は、社会のなかで批判され尽くされ、その価値を失った。

一部の学生や市民が期待していた共産主義への幻想は、ソ連の優れた作家の出現によって、その実態が明らかになり、完膚なきまでに否定された。

黎が思考の拠り所の一つとしていた実存主義は、構造主義やその後に現れたポスト構造主義によって、その存在の意味を完璧に破壊されようとしている。だが、その批判者たちが提唱する構造主義という金型思想には、黎は大きな疑問を感じるだけだ。

彼らの思想は、予め四角い長方形をした箱のなかに金魚や星、ハートなどの形をした金型を入れておき、その金型に水を流し込んで冷凍庫へ入れたに過ぎない。その冷たさで水は固まり、金型通りの氷ができた。それを取り上げて、「ほら、人の生き方は社会によって決まった形に分類されるのだ」と言っているのと同じだ。

予め恣意的な作為のもとで、選択肢が限られた実験を行っているのだ。さらに、そこから得られた結果を、人間の存在に当て嵌めようとしているのに過ぎない。もし、水を床に撒き散らし、それを瞬間冷凍したとする。その水は様々な不定形で凍り、様々な姿を見せてくれるだろう。それが人間の存在であり、人間の観念の主体性なのだ。黎はそう感じた。

黎の観念の自由を担保しながら、生きていける組織はどのようなものなのか。そのことを黎は心から知りたいと思った。

しかし、いまの黎にはそれがわからず、沈黙するしかなかった。黎が沈黙するということは、黎が観念の主体性を失うことに繋がる。いまの黎は最悪の状態に陥っていた。

黎が観念の主体性を復権させるためには、新しい言葉を紡ぐ必要がある。ほんとうは黎が積極的に語ることで、自らの観念を再生しなければならないのだ。

そういえば、かつて真里亞も同じことを言っていた。やはり、真里亞の方が正しかったのか。

ただ、いまの黎はそれを素直に認めることができなかった。敗北後の生き方まで間違っているとは、弱った自分に言いたくなかった。

（自分にはまだ虚栄心が残っているのか）

黎はそう思い、そのことが黎をひどく悲しませた。

五

時がどんなに過ぎても、黎は終わりの見えない沈黙の季節のなかを相変わらず漂っている。

あの時、共に闘わなかった知識人や文化人、大学教授たちがここぞとばかりに、黎たち全共闘を批判し始めていた。黎にとって、そのほとんどが現象的な批判であり、本質的ではなかった。

その批判のなかで、最も多かったのが全共闘の暴力に関する非難だった。その代表的な意見が、「ゲバ棒を持ちたいから、持っていた」とか、「ゲバ棒を振り回すこと自体に喜びを感じている」「暴力が好きだから、暴力を求めた」などという内容であった。

それらの批判は根本的に間違っていた。

黎たち全共闘はゲバ棒を持ちたくて、持っていたのではない。むしろ、持つことで相手を傷つけることへの恐怖を感じていた。その真実は知られることなく、文化人や知識人の手によって無残にも葬られていく。

ある著名な知識人が、「全共闘が大学教授を公開で吊しあげ、辱めた。だから全共闘が嫌いだ」と全共闘を批判した。

各地の大学でそのようなことがなかったとは言わない。実際に黎もそのような場面に出合い、その行為を中止させている。

だが、共に闘わなかった知識人が、あたかもすべてを知ったかのように発言するのには我慢できない。特に、それを行ったのが全共闘だとする誤りには腹が立った。無党派の全共闘は決してそんなことはしない。中心的に行っていたのは一部のセクトである。多くの全共闘は「個人的な報復はやめろ」と言って、セクトの学生を諫めた。だから、そうした行為は中国の紅衛兵のように長くは続かなかったはずだ。

よく調べもせず、全共闘とセクトとの区別もつかない知識人が、虚言をまき散らすことに黎は怒りを覚えた。しかも、その知識人は黎と同世代の人物である。そのことに黎は耐えがたい憤りを感じた。

同時に黎は、その知識人に対して一言だけ言いたいと思った。

その時、おまんはなぜ、「そんなことはやめろ！　そうだろう、みんな！」と声をあげなかったのか。周りに声をかけ、自分の発言への共感者を募らなかったのか、と――。

ただ、全共闘の暴力に関して、黎には語る責任があるとも思っている。「ノンセクト・ラジカル」として、数々の街頭闘争を担ってきた黎が、闘わなかった文化人や知識人の批判に答えなければならないだろう。

いままでそれを語らなかったのは、どう説明しても、それが言い訳になるからである。それでもいま語ろうと思ったのは、それらの批判を無視して通り抜けたら、全共闘闘争のほんとうの総括にはならないと考えたからであった。

黎たち全共闘は武装していない学生、市民、警察官に対して暴力を振るったことは一度もない。さらに、黎は自分が傷つくことよりも、相手を傷つけることを恐れていた。たとえ相手が機動隊であっても、その肉体を激しく損傷させるような暴力を振るうことに、強い抵抗感を感じていた。これは黎だけでなく、無党派全共闘の共通した認識でもあった。

黎たちがヘルメットをかぶるのは、機動隊の暴力から頭部を守るためでしかない。ゲバ棒を握るのは、圧倒的な防具に守られた機動隊に対して、自分の身を守りながら闘うためである。

黎はゲバ棒を持ちたいから持ったのではない。機動隊の暴力に対抗でき、同時に機動隊員を激しく損傷させない道具がゲバ棒だから、それを持ったのである。その証拠にゲバ棒はすぐに折れてしまい、機動隊の前では蟷螂の斧でしかなかった。まして、ゲバ棒を振り回す時、喜びなどあるはずがない。あるのは恐怖とそれを乗り越えようとする意志だけである。それがなくては、怖くてとても闘うことなどできなかった。

すると、「火炎瓶は何なのだ」という声がどこからか聞こえてくる。

黎はいまでもはっきりと覚えている。セクトではなく、全共闘が初めて火炎瓶を使ったのは、ある大学の学生会館の二階から火炎瓶を落とした時である。それは投げるというより、下の道路へ落下させただけであった。機動隊が大学構内へ侵入することを防ぐため、窓の上から二発の火炎瓶を落としたのを、その機動隊と対峙していた黎は眼の前で見ていた。

黎が初めて火炎瓶を投げた時は、恐怖で全身が震え、鳥肌が立った。火炎瓶の炎で機動隊員が予想以上に傷つくことを恐れたのだ。

当初、黎たちは火炎瓶を機動隊員に対して投げるというより、機動隊が侵入してくるのを止めるため、人ではなく道路に向かって投げた。しかし、すぐに機動隊は放水車を登場させ、火炎瓶を無力化した。さらに、その放水車が黎たちの体に大きなダメージを与える武器へと変化した。だから、放水車の暴力に対して、黎たちは積極的に火炎瓶を投げるようになった。だが、それをいくら語っても、いまでは言い訳にしかならないだろう。

過激なセクトからは、「もっと強力な武器。たとえば、ゲバ棒の代わりに鉄パイプ。投石や火炎瓶の代わりに缶ピース爆弾のような爆発物を使用すべきだ」という声があがった。しかし、全共闘はその使用を徹底的に拒絶した。

全共闘は憎悪や武器のエスカレートを望んではいなかった。いまさら語っても仕方ないことだが、黎たち全共闘が用いた暴力には、まだ人間的なルールが存在していたのだ。もちろん、「だから、全共闘の暴力を認めろ」などと、黎は一言も言っていない。

あの時、それしか機動隊と闘う効果的な方法を見つけられなかった。黎はただそう言っているだけだ。それは黎たちの未熟さの表れであることを、黎は充分承知していた。

六

黎は大学四年生の夏休みを迎えていた。

卒業の時期が近づいてきている。語れば語るほど、黎の心を空しさが占めていく。総括を自分に語った言葉の陳腐さ、拙さに身が縮む思いだった。

（やっぱり、語らなければよかった。総括などせず、無言を突き通すべきだった）

黎の心が後悔の気持ちで溢れた。

おそらく、共に闘ってきた仲間たちが何も語らないのも、黎と同じ気持ちに襲われるのを避けるためだろう。

いまさら語っても何も変わらない。黎たちが求めた社会が実現するわけでもなく、正義が浸透するわけでもない。また、ほかの誰かに理解されるわけもない。

黎の言葉は自己弁護のための、繰り言の羅列である。そのことに黎は強い恥ずかしさを感じていた。

（真里亞が側にいてくれれば……）

黎は改めてそう思った。

きっと、いまの黎の思いを受け止めてくれたに違いない。しかし、その大切な真里亞を捨てたのは、ほかならぬ黎自身だった。

全共闘闘争を総括し、自己批判するよりも前に、まず真里亞とのことを黎は自己批判すべきであった。

真里亞がどれだけ黎に尽くしてくれたのか。

黎は誰よりも知っていたはずだ。

それなのに、どうして真里亞にあんなひどい言葉を投げつけ、別れてしまったのか。黎はそのことを激しく悔いた。

黎は真里亞に会って、きちんと謝りたいと思った。

その思いが黎を激しく突き動かした。

（そうだ、劇団ゼロに行ってみよう）

黎はそう思い立った。

（西荻窪の『劇団ゼロ』に行けば、真里亞に会えるはずだ。謝ることも可能だ。何で、もっと早く、そうしなかったのか）

黎は自分の頑固さを嘆いた。

いまの黎にとって、真里亞に会うことだけが希望だった。

七

黎は西荻窪にある〈劇団ゼロ〉の貸しビルの前に立っている。しかし、そこは劇団ではなく、有名学習塾に変わっていた。

学習塾の受付の話では、先月末に劇団ゼロが倒産して、この学習塾に変わったそうだ。

おそらく、全共闘闘争の終焉に合わせて、前衛劇の人気も下火になり、経営が立ち行かなくなったに違いない。

真実や表現を追究していく活動は、もはや社会の支持を得られなくなったということだろう。

(もっと早くここへ来るべきだった)

自分の行動の遅さを恨む。

これで、真里亞に会うすべがなくなってしまった。

その無念さが黎の心を著しく蝕んだ。

黎は重い足を引き摺るようにして、西荻窪の駅へ向かう。中央線快速の新宿までの時間が、永遠かと思うくらい長かった。

角筈の屋根裏部屋に戻った黎は硬いベッドに横たわり、疲れ果てた心を休めた。

その手には一枚のチラシが握られている。

西荻窪に行った時、劇団ゼロの最後の公演のチラシが、ビルのゴミ箱の上にうず高く積まれていた。それを見た黎が、そのなかの一枚を持ってきたのである。

その演題が『イセン・ジノラ・ナヨサ』となっていた。一見、ドイツ語かフランス語を思わせるような題名である。だが実は、前衛劇団らしい奇を衒った題名だった。

反対から読めば、『さよならの人生』となる。

極めて皮肉な演題であった。

ただ、出演者欄の下から二番目に、小さな文字で「真里亞」の名前が印刷されていた。

それだけが黎にとって心の救いとなった。

八

角筈のバイト先のマスターから、二日間の休みをもらった黎は、信越線の硬い電車のシートに座っていた。

黎は真里亞の故郷に行ってみようと決意したのだ。

真里亞の田舎の住所は知っていた。卒業した高校もわかっている。まずは、その辺りを訪ねれば、きっと真里亞の消息がわかるのではないか。

そう黎は考えた。

五時間以上もの間、何本ものトンネルをくぐり、体を揺られて目的の駅に到着した。そこは何もない殺風景な木造の駅であった。ホームの間を強い風だけが通り過ぎて行く。それは黎の田舎にとてもよく似た風景であった。

駅を出ると「雁木」と呼ばれる、斜めに突き出た雪よけの屋根が幾つも連なる商店街が続いていた。冬の季節には町ごと雪に埋もれるため、人々はこの雁木の下を歩いて往来する。黎の田舎でも同じであった。

真里亞の実家は駅から北の方向へ、三十分ほど歩いた所にあるようだった。道は一本道で、雁木の下を北へ向かってひたすら歩いていけば迷うことなく着けると、駅員に教えてもらった。

黎が三十分歩いて、真里亞の実家の住所に到着すると、辺り一帯が大きな病院に変わっていた。病院の建物はまだ新しい。建物入り口に埋め込まれた定礎を見ると、黎が真里亞と別れた一年後に完成していた。そういえば、二年前に黎が真里亞の実家に電話した時、電話が繋がらなかった。きっとその頃、地上げされたのに違いない。真里亞のことに関して、黎のやることはいつも一足遅い。それが、黎には悔やまれてならなかった。

誰かに詳しく話を聞こうと思い、黎は周囲を見回したが、様子を尋ねることができるような店舗は何もなかった。前に真里亞が「私の家の周りには、お店が何にもないの」と言っていたことを、黎は思い出していた。

（ここにいても埒が明かない）

そう思った黎は、真里亞が卒業した高校へ行こうと考えた。

駅員の話では、その高校は敷地全体が公園のなかにあるらしい。公園まではバスが出ていると言っていた。

黎は道を横断して、反対側の雁木の下に移った。バスはこちら側から出ているみたいだ。

駅の方向へ歩き始めると、公園行きのバス停がすぐに見つかった。そこで少しの間、黎が煙草を吸いながら待っているとバスがやって来た。

バスは道をしばらく真っ直ぐに進み、駅の手前を左に曲がった。それから、バスは大きな神社の脇を通り、公園に架かっているお堀の橋を渡って、〈公園入り口前〉のバス停で止まった。黎がそこで降りると目の前に高校の門が見えた。

その高校の事務室で黎は話を聞いたが、得るものは非常に少なかった。高校の同窓会名簿に掲載されていた真里亞の住所は、病院になっていた実家の住所と同じものだった。黎は念のため、真里亞の妹がこの高校に在学していないかを尋ねたが、妹はここにはいなかった。

事務の担当者が、「市役所の戸籍課で聞いてみたら」と親切に言ってくれた。だが、親類でもない黎が尋ねても怪しがられるだけで、戸籍課では答えてくれないだろう。それに、もし真里亞たちがこの街から転出していたら、市役所でも答えられないはずだ。

（縁がなかったのだ）

黎はそう思い、諦めることにした。

激しい喪失感に襲われながら、黎は力なくその高校を去った。何もできない淋しさだけが黎を支配していく。

（きっと、もう二度と真里亞には会えないだろう）

黎はそう思いながら、その現実にひどく打ちのめされていた。

九

気がつけば、いつの間にか「元全共闘」を名乗る様々な人々が語り始めていた。しかし、そのほとんどの人が、もともとセクトに属していた活動家である。彼らは全学連ではあるが、無党派の全共闘ではない。

また、「全共闘とは何か？」という問い掛けに対して、彼らは六十年安保の頃から紐解いて、組織の発展経過を説明していた。だがそれは、セクトが乗っ取った全共闘の歴史であり、無党派全共闘の歴史ではない。

さらに、「なぜ、全共闘が滅んだのか」という質問には、多くの人が、ある過激なセクトが長野県で起こした事件を挙げて、それが主因になったと解説している。

だが、これも真実ではない。

あの事件は無党派の全共闘が消滅した後に起こったものだ。セクト間の内ゲバの産物に過ぎない。それはセクトが支持されなくなった理由の一つになっても、全共闘が滅びた原因にはならない。

全共闘がなぜ滅びたのか。それはセクト側の発想では説明できないだろう。元セクトの構成員たちが語る全共闘史論では、ほんとうの無党派全共闘の興亡を明らかにできない。しかし、本物の全共闘はその原因を決して語らない。だから、真実はいつまでも明らかにならないだろう。そして、贋物の全共闘史が歴史にどんどん刻まれていくだけである。

彼らだけではない。様々なマスコミを通じて、文化人や知識人がさもすべてを知っている素振りで、全共闘を語っている。だが、その虚言は空想に満ちているだけだ。安物の草双紙と変わらないだろう。

黎はいまさら、これら文化人や知識人のすべての言葉を批判しようとは思わない。しかし、一つだけ言っておかなければならない大切なことがある。それは本物の全共闘が、あの時の闘いを「全共闘紛争」とか「全共闘運動」などと、口が裂けても言わないことだ。

あれは〝紛争〟や〝運動〟ではないのだ。

自分自身が思想と肉体を懸けて主体的に担った、自分自身や社会との闘いであった。だから、本物の全共闘はそれを「全共闘闘争」と呼ぶ。紛争や運動などという言葉を用いて、得意げに解説している人々は、すべてが嘘つきの偽物である。

いま、無党派の全共闘であった人々は、みんな黙して何も語らない。あの時、黎たちは「自らの正しさは必ずや歴史が証明してくれるだろう」と言い残し、闘いに赴いた。だが、歴史が語ったのは全共闘の負の側面だけである。

当然、それらも歴史の真実の一面であることを黎は否定しない。しかし、全共闘闘争には、それとは別の歴史的事実も実在する。何よりも全共闘として闘ってきた、多くの無党派の学生たちの純粋な思いが、暗闇でじっと息を潜めている。その思いに誰も応えることができない。もちろん、黎も応えられない。それが黎には身が切られるようにつらかった。

十

卒業が近づいてきていた。

黎はまだ就職さえ決まっていなかった。

母親が心配して、「故郷に帰ってきたら……。仕事先なら、私が探してあげるから」と言ってくれた。黎はありがたいと思ったが、そこまで甘えることはできなかった。

そんな時、角筈のマスターが、「黎、そこへ行ってみな」と極めて素っ気ない態度で、就職先を紹介してくれた。そこは電柱の広告を専門に扱っている小さな広告代理店だった。

（広告の営業も悪くないかも……）

そう思った黎はマスターに心から礼を言って、その広告代理店の面接を受けた。

驚いたことに、その会社の社長が黎を待っていた。社長が黎の目の前に、あの黎が入賞した短編小説の雑誌を置いて、「これを書いたのはあなたですか？」と聞いてきた。

黎が「はい」と答えると、社長は満足そうに頷き、それだけで黎の入社が決定した。黎は営業ではなく、コピーライターとして、電柱広告の宣伝文を制作することになったのである。

社長は「角筈のマスターは古くからの同志だ」と言っていたが、それが何の同志かは語らなかった。もちろん、それを黎が尋ねることもない。

黎は自分が人に恵まれていることに感謝した。真里亞、角筈のマスター、そして広告代理店の社長。やはり、人はひとりでは生きていけないことを黎は強く実感した。

（もっと、素直に生きなくてはならない）

黎は自分にそう言い聞かせた。

十一

就職がやっと決まって、少し安堵している黎の許へ、悲しい知らせが次々と押し寄せてくる。黎たち全共闘の現実は極めて厳しく、それは想像以上に過酷だった。

共に闘ってきた仲間のひとりが人生を悲観して、アパートの一室で首を吊り縊死したという。黎とバリケードのなかで一緒に火炎瓶を造りながら、実存に関してよく語り合った友だ。

また、黎が羨むような才能を持った現代詩人の友が、毎晩アルコールに溺れ、歌舞伎町で暴力団に喧嘩を売っては、死にそうになるまで殴られているそうだ。黎にはその自傷行為を止めることができない。黎に彼ほどの勇気があれば、黎もまた同じことをしたに違いない。心の痛みがより強い肉体の痛みを求めるのだ。

さらに、よく知る仲間のひとりが、永続的な破滅を求めて、極めて過激なセクトへ駆け込んでしまった。噂では、内ゲバの果てに殺されてしまったという。もう、黎が助けに行くこともできない。

最も長く黎と共に戦ってきた友が、故郷に帰ったまま行方不明となる。探しに行きたくても、黎には彼の故郷がわからなかった。

彼とは文学に関して、夜を徹して何度も語り合った仲だ。彼の表現への思いをほかの誰よりも黎は熟知している。それなのに、彼の一般的な身元に関しては一度も話し合ったことがない。黎は彼がどこで生まれたのかさえ知らなかった。

黎たち全共闘は、ジグソーパズルの破片のようにすべてがバラバラとなって砕け散り、二度と一枚の絵になることがなかった。

この頃になり、黎は自分が小説家に向かないことにようやく気づいた。多くの言葉のなかから象徴化された言葉を拾い上げ、文学の世界を築く。黎にはその才能がないのだ。黎はロジックに頼らなければ言葉を紡げない人間だった。

これでは、どれだけ文学書を読んでも、言葉が鋭く尖らないはずだ。言葉が熟成することを信じて、いくら学んでみても老いるだけである。たまに拙い熟語を書き並べても、痛みを伴って指先が腱鞘炎で震えた。知識だけが肥満して体から悪臭を放ち、小説という果実にならない。いままで装飾過多な言葉を綴ってきた黎の右手は、よく見ると極度に痩せ細っていた。

（自分にはマーケティング理論に基づく、広告宣伝文の制作が合っているのに違いない）

黎はそう自分に言い聞かせながら、砂を噛むような学生時代の終わりを迎えようとしていた。

しかし黎の隣には、本来いるべき真里亞の姿がなかった。そのことが、黎に耐えられないほどの空しさを強いる。黎はその苦しさに押し潰されそうであった。

第六章
新たな季節を求めて

一

黎の沈黙は五十年以上に及んだ。

その間に黎は一つの考えに到達する。

それは、「思想や宗教が国家や社会、そして、人々を支配する時代は終わった」ということだった。

現在、多くの国々では、思想が特定の人間の恣意性によって変質させられながら、その国の人々を統治している。こうした制度のもとでは、もはや国家は人々をほんとうに救うことができない。それは民主主義でも、資本主義でも、共産主義であっても、みな同じである。

振り返ってみれば、国家や社会はいつでも何らかの思想によって支配され、その思想を代弁する人間によって統治されてきた。

たとえば、古代国家では儒教や仏教、キリスト教という宗教思想によって国家や社会の秩序を形成した。それらの宗教は、いずれも優れた思想と言えるだろう。ところが、ローマ帝国の腐敗による滅亡に見られるように、キリスト教は最終的に巨大帝国や多くの人間を救うことができなかった。

また、現代においては、民主主義や資本主義、あるいは共産主義などの思想が人々を統治している。しかしそれが、結果的には独裁国家の出現を許すことになった。たとえ、理想的な平等社会を目指す思想のもとに建国され、多くの国民の熱狂的な支持によって支えられた国であっても、結果は変わらない。一人の権力者が長期に亘って支配すれば、その理想が本来持っていたよい部分は消滅し、最終的に権力者が独裁化してしまう。思想が腐ってしまうのだ。

マルクスが唱えた社会科学論は、理想的な社会の実現という意味では正しかった。ただ、そこにはそれを実現に至らせるための、具体的な組織論や過程論が欠如していた。その欠陥のなかから生まれたのが、いまの共産主義国家である。

そのため、この共産主義国家は人々の幸福を目指すのではなく、人々を支配、弾圧するための独裁国家に変容してしまった。その結果、権力者の創り出した価値観と自由を求める個人の理想が衝突することになる。そして、最終的には個人が弾圧され、征服されてしまう。それが現実なのだ。

では、民主主義国家ならば、国家の思想と個人の理想とがぶつからず、人々は幸せになるのだろうか。

そんなことはない。

民主主義国家は権力者の腐敗と人々の経済的格差を生み出す。ごく一部の人たちだけが優遇される社会構造に変化し、多くの人々は格差と不満、貧困を抱えて生きていくことになる。いまの日本の社会に噂される〝上級国民〟という言葉が、いみじくもそれを象徴している。

言いかえれば、国家思想の腐敗・堕落という点では、共産主義も民主主義もすべてが同質で、そこに大きな違いはない。個人の観念が疎外されることに変わりがないのだ。

どんなに優れた思想であっても、それが権力や権威に接触した瞬間、その思想は腐敗を始める。さらに、その思想が浸透して定着した時、思想は権力や権威を維持していくための論理に変容する。本来、思想が持っていた純粋性を失うのである。おそらく、思想はその創始者だけが、純粋性を保てるものでしかないのだろう。

いま、人間や社会、国家などでは、思想に変わる「新しい価値基準」の創設が求められている。その新しい価値基準が具体的に何なのか——。

黎はそれをずっと問い続けていた。

しかし、その答えを黎はまだ見出せない。それは黎だけの問題ではなかった。現在、多くの思想家たちがその答えを見つけ出そうと模索している。

黎は思想を腐敗させるものが、個人の観念の腐敗であると考えていた。それは視点を変えれば、人間性の問題と言える。

思想は人間の観念のなかで創られる。そして、その思想をねじ曲げるのも人間の観念なのである。人間の観念がぐるぐると回って、最後は悪い方向へと転がって行く。この観念の劣化を止めなければならないのだ。

それを止められる新しい価値基準とは何だろうか。

それはいまどこで息をしているのだろうか。

一つの考え方として、〝倫理観〟という価値観のなかにそれがあるという識者もいる。

だが、黎は倫理観では無理だと思っていた。

なぜなら、倫理観を司っている倫理は、その時々の政治的状況によって簡単に書き換えられてしまうからだ。倫理観は時の国家思想に左右される。これでは国家の腐敗を防ぐことができない。

もし、〝普遍的な倫理〟というものが存在すれば、それに頼るのもいいだろう。だが、普遍的という概念は人の考え方、即ち観念によって異なる。つまり、普遍的な倫理観は人間の観念によって変化させられるため、不変の新しい価値基準になり得ない。

別の考え方としては〝良心〟という概念がある。この良心に縋ることで、思想による支配を超克できないだろうか。

それに関しても黎は考えていた。

たとえば、権力は長期化することで必ず腐敗する。それは、権力が創りあげた組織が腐敗するのではない。その組織を牛耳っている権力者が腐敗するからである。

もし、権力者の観念のなかに、自らが腐敗することを拒否する良心があれば、権力者は腐敗せず、組織も腐敗しないかも知れない。その考えが正しければ、どのような政治形態の組織であってもよいと思う。人々は幸せに生きていけそうだ。

しかし、良心は教育などによって創られた後天的な意識ではないのだろうか。だとすれば、良心もまた、個の観念のなかで育まれたものと言える。観念の影響を排除することができない気がする。観念が腐れば、きっと良心も腐るだろう。そのため、一つの問題に対して、ある時は激しく批判し、またある時は擁護する。それはマッチポンプと呼ばれる腐敗の一形態である。

（やはり、良心では対応できない）

そう黎は思った。

もし、人間にとって、進化の過程で獲得した「人間の本質的なよい資質」があれば、それを基準にしたいと黎は思った。では、それは何なのだろうか。

たとえば、〝情〟という感情が存在する。情は優しさ、思いやり、労りなどの形で顕在化する。この情は日本の原風景のなかにある暮らしに数多く息づいている。これが、人間の持つ本質的なよい資質であれば、それを価値基準にできないだろうか。

しかし同時に、日本には「情を断ち切る」という考え方も存在する。情は権力者によって、容易に断ち切られてしまうのだ。これでは永続的な価値基準として使えないだろう。

こうして、黎は思考の迷宮に嵌まり、そこから何十年も抜け出すことができなかった。

二

黎は組織の在り方に関しても、いまだに明確な結論を出せなかった。ただ、個人の観念と組織との衝突による相克に関しては、ある程度の妥結点に至っていた。それは、完璧な結論とは言えなかったが、黎にとってそれほど不満足なものでもなかった。

その妥結点は決して画期的なものではない。むしろ、古典的な結論なのかも知れない。それは互いに共存するため、両者が少しずつ我慢するということであった。黎が自分の持つ観念の原理を半歩退く代わりに、組織の方も規範の原理原則を半歩退く。そうした世界の構築である。

いまのところ、組織の方は半歩退いてはいないが、黎が自分の観念の原理を半歩退くことにした。そのことで、黎はいまいる組織内での遊離を避けることができた。いま、組織にいる人々は黎のことを、「無口で、おとなしい老人」と思っているだろう。

それならば、なぜ若い時にそれができなかったのだろうか。

それは、闘うことで組織の方を変えることができると、信じていたからである。同時に、闘って変えなければならない、という強い使命感に燃えていた。だから、若い時の黎は半歩退けなかった。それが、度重なる敗北と失意の連続をひたすら耐えることで、黎自らが半歩退くことを選ぶようになった。

昔、真里亞が黎に言っていた。

「私たち雪国の田舎者は、耐えることで生き抜く」と。その言葉通りであった。

だが、それは闘うことを諦めたわけではなかった。

黎は組織に対して、ただ従順になったのではない。黎の本質はあくまでも全共闘である。自ら半歩までは退く。しかし、決して一歩は退かない。もし、一歩退くことを組織に強要されたら、その時は命を賭して闘う。黎はその覚悟をいつも持っていた。

近頃なぜか、黎は夢をよく見る――。

夢のなかで、黎は全共闘と書いたヘルメットをかぶり、右手に火炎瓶、左手にゲバ棒を握り、一人で車道を進む途中で、ヘルメットの裏側に敷いた新聞紙を舞い散らして、一人倒れ逝く。

それがいまでは叶わぬ夢であることを黎は承知している。もはや、そんな闘いを誰も望んでいない。時代がそれを許さないし、黎自身も望んではいなかった。

その夢はすでに闘うことをやめた黎に対して、長い間、無理矢理眠らされてきた黎の観念が、新たに抵抗している顕れに違いない。

黎の観念が黎に対して、「黎、起きて闘え！」と命じている。それが夢という形で再現されるのだ。

（果たして何を――。なぜ――。どのように闘うのか――）

それらへの疑問を考えながら、いまの黎はただ老いていくだけである。

三

クリスマスイブの夜。

吉祥寺駅北口に佇む黎は、〈ハモニカ横丁〉の入り口角にある立ち飲み屋の人垣を、ただじっと見つめている。昔、黎が通っていた頃、そこは八百屋か魚屋だった気がする。それが宝くじ売り場に変わった。そのことは覚えていた。

それなのに、いまはオープンキッチンの立ち飲み屋となっている。その店頭にある回転グリルでは、ハーブの香りが漂うローストチキンが焼かれていた。クリスマスイブということもあり、その店頭は多くの客で混雑している。黎はこんなにも活気のある〈ハモニカ横丁〉を、いままで見たことがなかった。

それだけではない。いまの〈ハモニカ横丁〉はバーや居酒屋、飲食店などが多く、電飾看板や色鮮やかな提灯の明かりに溢れている。黎の知っている時代には、八百屋や魚屋、衣類、あるいは宝飾などの物販店が中心で、薄暗いイメージの街だった。いま、街行く若い人々は誰もその当時のことを知らないだろう。黎はその日々を思い出し、時代の変遷を肌で実感した。

黎は自分が確実に年を取ったと思った。

そのことが、ほんの少しばかり、黎を寂しい気持ちにさせる。都市の風景や人々の思いは、時間の経過と共に大きく変容していく。時代はいつまでも同じ所に留まらない。黎の心だけが過去に留まっているのかも知れない。

（自分も変わらなければならないだろう）

そう思った黎は足早にハモニカ横丁を通り抜け、左折すると、お洒落な雰囲気が漂う〈吉祥寺ダイヤ街〉へ入った。街角にはクリスマス・ソングが流れ、多くの人々が急ぎ足で行き交っている。また一年が慌ただしく過ぎ去っていこうとしていた。

その喧噪のなかを歩く黎の耳元で、街に流れているメロディとまるで違う歌が、携帯電話のアプリから流れ始めた。その歌が黎を果てしなく切ない気持ちへと駆り立てる。

かつて、首相訪米を阻止するために、黎は線路を歩みながら労働歌を唄った。それが黎の唄った最後の歌であった。その後、黎は何十年も歌を唄わず、音楽が騒音にしか聴こえなかった。音楽への柔らかな感性を失ったのである。

だが、いま携帯電話から流れてくる歌声を聴きながら、黎は心を震わせている。この歌だけは騒音に聞こえない。なぜなら、その歌声が真里亞の声と驚くほどよく似ていたからだ。

昔、アパートの部屋で一度だけ、真里亞の歌声を聞いた。黎の知らないアリアの一節のようだった。黎が、

「オペラでもするの？　その歌は何ていう曲？」

と聞くと、真里亞は笑って、

「今度のお芝居で少しだけうたうの。ヘンデルの『私を泣かせてください』という曲よ」

と答えてくれた。

その時の真里亞の歌声は驚くほど透き通っていて、でもどこか悲しげで、そして美しかった。

携帯電話から聴こえてきた、その歌を最初に聴いた時、黎は一瞬、真里亞がうたっているのかと思った。それほど似ていたのだ。しかしすぐに、その間違いに気づく。それは

真里亞ではなかった。

それ以来、この歌を聴くと、黎は真里亞のことを思い出す。いや、真里亞のことを思い出したくて、黎はこの曲を何度も何度も繰り返して聴く。

そのたびに、歌手の美しい歌声とやり場のない悲しみが、黎の胸を激しく揺する。黎はこの切ない感情の海に、ずっと浸っていたいと願う。

黎の脳裏に初めて真里亞のアパートへ行った時の喜びが蘇る。ドアの隙間から見せた、真里亞のあの愛らしい笑顔が目に浮かぶ。

（真里亞はいま、どうしているのだろうか）

黎はそう思わずにはいられなかった。

すでに真里亞の消息は途絶えて何十年も経過している。田舎で就職したとか、結婚したという噂も、とうとう伝わってこなかった。

真里亞の母親もどこへ行ったのかわからない。真里亞の消息をその母親に聞くことができない。真里亞には妹が一人いたが、黎にはその妹の所在も当然のようにわからなかった。

（果たして、真里亞は女優になれたのだろうか）

そのことが黎には最も気がかりであった。

どんなに新聞やテレビ、週刊誌、芸能雑誌などを見ても、真里亞と思われる写真は掲載されていなかった。街頭にある劇場の看板や地下劇団のチラシを食い入るように読んでも、その姿を見つけ出すことができない。

故郷の雪国にも、この大都会にも、黎は真里亞の影すら見つけることができなかった。それが黎には何よりも悔しかった。いまの黎にできることは、ただ真里亞の声によく似た歌手の、歌を聴くだけである。

いまでも黎の心に響く、「ねえ、書いている?」と聞いてくる真里亞の可愛い声。そして、決して忘れられない、そのいじらしい瞳と長い睫毛。もしいま、真里亞が黎の側にいたならば、きっと同じように聞いてくるに違いない。その時、黎はどう答えるのだろうか。以前のように「いまはまだ書けない」と答え、また真里亞を怒らせるのか。それとも、「書くことをやめた」と答え、真里亞を深く悲しませるのか。

黎にはわかっていた。

こんな生き方をいつまでも続けていてはいけないことを——。

四

結局、いままで何も書いてこなかった黎には、再生のための新しい言葉は生まれなかった。そのことはすでに真里亞から指摘されていた。当然だと言えば、当然の結果だった。ただ、黎がそれを悲観することはなかった。

なぜなら、黎は何も学んでこなかったわけではなかったからだ。

その長い沈黙の時間、黎は様々なジャンルの本を読み、再生のための文体だけは鍛えてきた。斬新な再生の言葉こそ得られなかったが、新しく言葉を紡ぐスキルは得てきたような気がする。

それは、抽象化された難解な言葉で、いまの自分の思いを綴る方法ではない。誰もが理解できる言葉で、「話すように書く」ことであった。といっても、話し言葉で、すべてを書くということではない。まるで、対面で話し合っているかのように、相手を理解させることが可能な書き言葉を選び出し、それで表現することである。

それが完璧にできるかどうかは、やはり実際に書かなければわからなかった。ただ客観的に見て、黎が再生するための準備はすでに整っていたと言える。

黎に残された課題は、何のために黎が言語表現するのか。その意義を明らかにすることだった。

誰と闘うのか。

何を旗印にして黎は再び闘うのか。

それらを決めなければならなかった。

闘う相手だけはすでに黎のなかで明確になっていた。

それは〝歴史〟である。

前にも言ったと思うが、黎たちは「自らの正しさは必ずや歴史が証明してくれるだろう」と宣言し、自分たちの正しさを歴史が語ってくれると固く信じていた。しかし、それを歴史は語ってくれなかった。歴史が語ったのは全共闘の負の部分だけである。それが今日の歴史の正史となった。

司馬遷が生きていたら、きっと大声をあげて嘆くことだろう。

「それは間違っている」と。

黎たち全共闘の歴史は真実と嘘の狭間に落とされて、その上から偽りの社会評価で埋められてしまった。

それは歴史において、特に珍しい現象ではない。過去においても、歴史はその時代の権力者によって、幾度となく書き換えられてきた。天武天皇、後白河天皇、織田信長、豊臣秀吉、徳川家康……。数えあげれば切りがない。

権力者は歴史を恣意的に書き変えることができる。その捏造された歴史を人々は長い時間のなかで、真実と信じ込む。それでもある時、歴史の真実のごく一端が顔を覗かせることがある。その発端となるのはいつも、市井に暮らしていた、普通の人々の日記や覚書であった。

いまの若い人々は全共闘闘争さえ知らない。何かの理由でそれに興味を持っても、いまある正史を読んで、全共闘を非難するだけである。どうしようもない暴力学生だと……。もし、黎が文箱のごく片隅にでも、自分の知る無党派全共闘の歴史を書き遺せば、何百年後の歴史研究者がそれを見つけ出し、いまとは違う真実の全共闘史を、新たに刻んでくれるのではないだろうか。

それが黎にとっての再生に違いなかった。

たとえ、黎の表現が未熟であっても、いままで集めてきた事実の残滓を纏めれば、無党派全共闘の歴史の正しい姿が透けてくるのではないだろうか。そこには、正史には残っていない真実と情念が間違いなく溢れているはずだ。黎はそれを正史への盛大な餞にしようと考えた。

(次はその旗印だ)

黎はそう思った。

それも黎の心のなかでは、すでに決まっていた。

それは「歪みを正すこと」である。

かつて、全共闘は「すべての歪み」を正すために闘ってきた。今回も同じである。歴史の歪みを正すことが黎の旗印であった。

ただ、いまの黎は昔の闘争と違って勝利を求めなかった。

(勝たなくてもいいのだ)

なぜなら、黎はその勝利を未来に〝託す〟ことができるからだ。

かつての黎たちは、何が何でも自分たちの手で勝利を得ようとした。しかし、いまの黎は自分の手で勝利を得られなくてもよいのだ。黎が未来に託した歴史がいつの日か、正史を変えてくれればそれでよい。それにより、未来の歴史が変わり、正しい全共闘の姿が再生すれば、黎の闘いは勝利したことになる。

そのためには、いま黎が歴史を綴ることが重要だった。思い出すのも虚しい記憶であっても、それを書き残さなくてはいけない。たとえその途中で病に倒れても、自分の手が動く限り、黎は綴らなくてはならないのだ。それこそが無党派の全共闘としての生き方だった。全共闘はたとえ這ってでも、前進しなければならない。

黎が星のない夜空を見あげ、

「僕の表現はそのためにある。そうだろう、真里亜」

いまは隣にいない真里亜に声をかけた。

五

新たな闘いの場に立とうとした黎は、いまの表現の舞台を見て愕然とした。あまりにも黎の闘いの場が荒れていた。言語表現の世界が昔と様変わりしている。

いまや、多くの人々が表現とは何かを悩まずに表現行動を行っていた。その主戦場が昔とは大違いなのだ。ほとんどの人が、インターネット上に生まれた、〝ＳＮＳ〟というサイバー空間を利用している。ただ、その場で行われていた表現行動は、厳密には言語表現とは呼べないだろう。

そこは表現ではなく、〝発信〟という世界に変わっていた。

いまでは活字による表現の時代はすでに衰退し、発信の時代となっているのだ。

しかも、この新しい発信の世界には、「言葉を発信する人々」だけでなく、「言葉を狩る人々」も棲息している。この言葉を狩る人々は、物事の本質よりも、印象による枠組み思考を優先していた。

たとえば、自分と異なる思想の持ち主を「アカ」や「レッドチーム」、あるいは「ネトウヨ」と呼んで、愚弄している。自分と異なる意見の持ち主を、「偏見の大枠」に嵌めたまま排除しようと扇動する。こうしたレッテル貼りには何の正当性がないにもかかわらず、それを我が物顔で多用し、人々を傷つけている。

紀元前の昔から、性善説と性悪説との対立に見られるように、この社会には絶対的な価値判断など存在していないのだ。善か悪かの決定は、その時代の社会状況や社会的風潮によって左右される。その傾向の強さの度合いによって、どちらかが選ばれるだけなのだ。

それなのに、言葉を狩る人々は、自分の価値観を絶対的に正しいものとして譲ろうとはしない。さらにそれを他人に強要し、それに従わない人々をサイバー空間内で辱める。

どうしてこんな時代になってしまったのだろうか。

（おそらく、誰もが安易に発信できるようになったからだ。しかも、匿名で……）

そう黎は思った。

現在では、人と人とが直接対面して、本質的な部分での議論をすることが少ない。それも影響しているのだろう。

過去の時代では、表現者は自分の表現内容にずっと責任を持ち続けていた。しかし、いまのような発信の時代では、発信者そのものが特定されず、また、発信内容を容易に削除することができる。簡単に言葉だけで他人を傷つけやすくなり、逆に、削除することで、自分への批判をすり抜けられる。

いつまで経っても、言葉を発信する者への責任は問われず、容易に人間を傷つける言葉を発信できる。ただの思いつきで、いくらでも好きな雑言を発信することが可能なのだ。

それを許しているＳＮＳという媒体にも問題がある。自浄作用はどこへ行ったのだろうか。本来、媒介者として大きな社会的責任があるはずなのに、本気で改革しようとはしない。

少なくとも黎にはそう見えた。

そうした世界で発信されている言葉は、もはや表現とは言わない。

そこには表現の死骸が横たわっているだけだ。

ただ、こうした風潮が強いSNSを、すべてが悪いと決めつけるつもりはない。その登場により、いままで自分の思いを語ることのできなかった人々が、ようやく社会に対して口を開けるようになったことも事実である。すべての人々が均等に発言できる場を得たと言える。それこそが、SNSを大きく評価すべき部分なのだろう。

ところが、人々が容易に発信できるようになった反面、別の社会現象が生まれることになった。その現象とは、人々が現実世界で実際に闘わなくなることであった。どんなに権力や権威が腐敗していても、人々は現実世界で立ちあがろうとはしない。サイバー空間内で、それに対する非難や批判を発信するだけだ。

また、発信することで、すべてをやり遂げた気持ちになっている。だから、いまの人々は実際に立ちあがって、街頭で合法的なデモさえすることがない。

周りをよく見れば、現在でも大学の腐敗はなくならず、昔のように拝金主義者や権威主義者が大きな顔で跋扈している。それに対して、社会は相変わらず他人事《ひとごと》で、小手先の改善をしようとするだけだ。それなのに、当事者である学生たちは、その問題に対して、自らが立ち向かおうとはしない。それは大人たちの問題だとし、憂いはするが、どこか他人事のようにその問題を傍観している。

本来、大学で起きた問題はすべて、学生たちみんなの問題のはずだ。大学のなかに第三者の一般学生など存在し得ない。だが、いまの学生たちは、自分のことを一般学生として捉えている。ほんとうは自分たちの深刻な問題なのに、誰もが直視しないのだ。純粋に怒ることもない。みんなが大人になったということなのだろうか。

その結果、腐敗は社会や大学の隅々にまで染み込んでしまって、漂白されることはない。不思議なことに、その社会を多くの人々が、争い事の少ない世の中として支持し続けている。かつてのように正義を振り翳して闘う社会よりも、サイバー空間のなかでの独善に溺れ、現実世界が波風の立たないことを歓迎していた。

改革や革新などという概念は、社会破壊者の戯言として葬り去られてしまったのである。もはや、抵抗の意思表示として、国会議事堂前を市民や学生たちの旗が埋めることも、大学が抗議の学生たちで囲まれることもない。いまの学生たちは、権力や権威に負けて身も心も傷つき、人生で初めての、しかも本物の敗北に涙することもないだろう。

それが穏やかで、好ましい平和な社会なのだろうか。

人々が求めてきた理想に近い世界なのだろうか。

なぜだか黎の観念が、「それは違う」と憤っている。

こうした欺瞞に満ちた社会のなかでは油断すれば、黎の言葉はネットの世界に巣くう狩人に遭って、すぐに狩られてしまうだろう。それだけ、黎の言葉が過激なものとして受け止められるからだ。きっと彼らに強い拒否反応を起こさせるに違いない。

それでも、黎は累々と横たわる表現の死骸を乗り越えて、真の歴史を書き続けなければならないだろう。

（いまを生きている人々の共感を得るのではなく、これから現れるだろう人々の踏み台になろう。いまも全共闘であり続ける自分が知っている、闘争の歴史の切れ端を、強い意志を持って、ここに書き遺すのだ）

そう決意した黎が、優しげな視線を吉祥寺の方向へと向ける。そして、

「これでいいだろう、真里亜」

小さな声で、独り言を呟いた。

あとがき

私は、極めて個人的な歴史観に基づく、「幻想史」を綴る歴史作家を標榜している。

その私にはどうしても書き残したい歴史があった。それは私が生きてきた、一九六〇年代後半の全共闘闘争の歴史である。しかし、それをいままで的確に表現できなかった。もちろん、いまでも上手く表現できていない。

その理由は私の感情移入が抑え切れないからである。

どのような視点で歴史を描くとしても、歴史作家にとって客観視は最も重要な要素である。それがなぜだか、なかなか上手くできない。

ただ、それでも書き残さなければいけないと、かねてから思っていた。なぜなら、この闘争史は私たち世代の実存を証明する、非常に重要な歴史であるからだ。

青春という言葉がある。

私はその言葉があまり好きではない。私たち世代には瑞々しく、若々しい春の時代など、あり得なかった。

そのため、私が青春という言葉を用いることはない。

だが、時間軸で捉えれば、私たちにとって全共闘闘争は、丁度その時期に該当する。それを拙い小説の形で纏めてみたのが、この『吉祥寺の真里亞』である。

しかし、この作品自体は私小説でも、自伝小説でもない。ただ、自伝的要素を含んだ全共闘史であることは否定しない。

ここに登場する人物は、無党派の全共闘と呼ばれた多くの人たちの姿を、数人に象徴させたものである。そのため、ある特定のひとりの人物に焦点をあてた作品ではない。だが、その一部には私が体験した歴史が、ほんのわずかではあるが投影されている。だから、作品に自伝的要素が息をしているのも事実である。

また、作中における時間軸の経過は、私の知る史実をもとに、作品の構想を優先して書かれている。従って、史実の切り取り方に関しては、別の時間的観点も存在すると思う。

その意味で、この作品は虚構の歴史小説である。
歴史の正史には決して刻まれることのない、「全共闘闘争の幻想史」と言えるだろう。
こうした背景を楽しみながら、この作品を読んでいただければと願っている。

令和六年　秋

著者プロフィール

秋生 騒（あきう そう）

1949年、新潟県に生まれる。
大学卒業後、広告代理店に入社。その後、独立し、広告企画会社を設立。
2006年退社、創作活動を開始する。
2008年、『聖橋心中』で第四回銀華文学賞奨励賞を受賞。
〈著書〉
『シュメール幻想論』（2018年、文芸社刊）
『かぐや姫幻想史 竹取物語の真実』（2019年、文芸社刊）
『明智光秀幻想記　本能寺の変・光秀謀反の真相と真実』（2020年、文芸社刊）
『楚歌　屈原幻想伝』（2023年、文芸社刊）

吉祥寺の真里亞 無党派全共闘幻想史

2024年10月15日　初版第1刷発行
2024年12月10日　初版第2刷発行

著　者　秋生 騒
発行者　瓜谷 綱延
発行所　株式会社文芸社
〒160-0022　東京都新宿区新宿1－10－1
電話 03-5369-3060（代表）
03-5369-2299（販売）

印刷所　TOPPANクロレ株式会社

ISBN978-4-286-25652-8